开在
时间上的花

张素燕◎著

时代文艺出版社

图书在版编目（CIP）数据

开在时间上的花 / 张素燕著. —长春：时代文艺出版社，2019.8

ISBN 978-7-5387-6094-1

Ⅰ. ①开… Ⅱ. ①张… Ⅲ. ①散文集－中国－当代 Ⅳ. ①I267

中国版本图书馆CIP数据核字（2019）第072646号

出 品 人　陈　琛
产品总监　郭力家
选题策划　凌　翔
责任编辑　刘越新
装帧设计　孙　利
排版制作　隋淑凤

开在时间上的花
张素燕 著

出版发行 / 时代文艺出版社
地址 / 长春市福祉大路5788号　龙腾国际大厦A座15层　邮编 / 130118
总编办 / 0431-81629751　发行部 / 0431-81629755　北京开发部 / 010-63108163
官方微博 / weibo.com / tlapress　天猫旗舰店 / sdwycbsgf.tmall.com
印刷 / 三河市万龙印装有限公司
开本 / 640mm × 910mm　1 / 16　字数 / 168千字　印张 / 13.5
版次 / 2019年8月第1版　印次 / 2019年8月第1次印刷　定价 / 30.00元

图书如有印装错误　请寄回印厂调换

目　录

辑一　在尘埃里开出花来

辑二　迎风而飞，俯瞰这世界有多美

辑三　锦瑟流年里的唯美与清欢

辑四　寸草难报三春晖

辑五　尘世里的那一抹光亮与温暖

辑一／在尘埃里开出花来

风儿记得花的香。风来过，花知道，我走过，你知道。奋斗过，就无悔，既然选择了远方，便只顾风雨兼程。

你若灿烂，它就盛开

“草色青青柳色黄，桃花历乱李花香。”“风吹梅蕊闹，雨红杏花香。”在这莺歌燕舞、万物复苏的春光里，草儿葳蕤，花儿芬芳。

同事小杜为我们办公室的人网购了一大箱彩色的塑料花盆，红的、黄的、绿的、蓝的、紫的，小巧精致的花盆往办公桌上一放，就已形成一道亮丽的风景线。大家各自带来了花草，兴致勃勃、小心翼翼地栽种上。霎时，办公室变成一片花的海洋，置身其间，赏心悦目，心情舒畅。

花是很有灵性的生命，像音乐一样能缓解人的疲劳，放松人的心情，陶冶人的情操，提升人的素养。凡是爱花的人也大都有着很好的品位和修养。我也爱花，但是我不会养花。与其说不会养花，不如说没有心情养花，为此我还给自己找了个很好的理由，谁让我忙呢！忙得连人都顾不过来，还能顾得上花吗？

事实也确实如此，我是一名基层一线教师，每天都披星戴月、马不停蹄地忙碌着，晚上一回家，头一挨枕头就进入梦乡，哪还有暇顾及花的存在？阳台上的几盆花还是搬新家时朋友送的，我没有给它们浇过水，甚至都没看过它们，任凭它们自强自立地生长着。可有一天当我瞧见它们的时候，它们却给了我很大的惊喜。它们英姿勃发，争高直指，气宇轩昂，仿佛在说："请主人放心吧，我们会照顾好自己的。"

微信群里有朋友发来图片。一盆盆姹紫嫣红、娇艳多姿的花，种类齐全，名目繁多，有名字的，没名字的，像星星，还眨呀眨的。有的已经绽放，有的还羞涩地打着花骨朵儿，千姿百态，美不胜收。朋友还配以唯美的文字：春来花烂漫。好诗情画意呢！我顺着图片不由得进入了朋友的相册。天呐，这简直是花的世界。即使在寒冷的冬天，朋友的家里也是绿意盎然。我与她虽然未曾谋面，却不禁感叹，这是怎样一位温润水嫩的女子呢？能养出如此美丽的花的女人，生活肯定也是雅致滋润的。

可有一天，我却看到了坐在轮椅上的她的背影，想象着她脸上的痛苦和悲伤，我被深深地震撼了，可让我再一次震撼的是，我看到了她满脸的笑意与阳光，一如她的花儿们灿烂绽放。我无法想象一个生活无法自理的人是怎样种得满院芬芳的。在她的文字里，我找到了答案：你若灿烂，它就盛开！

我回到家里，不再像往常那样把包往沙发上一扔便趴在床上不起来，而是把阳台上久违了的花儿们搬了下来，给它们松松土、浇浇水、施施肥，然后拭去花叶上的尘埃，竟也觉得满身轻松。不管你有多忙，也要抽出时间来养花，养花养的是一份心情，一份成长。

一个人忙的不是时间，是心情。

只要心情在，四季闻花香。

乡下的春风里

不知不觉，趁我们还在冬的余味之中，春姑娘已悄然迈着轻盈的步伐，舒展着婀娜的身姿向我们频频招手，款款走来。一切都像刚睡醒的样子，欣欣然张开了眼。

乡下小路旁边的杂草地上乍看还是一片荒草枯茎，可倏忽间，一抹绿色映入眼底，那绿是那样的鲜，那样的柔，那样的嫩，让你不由得寻这绿色而去。细瞧了去，霎时心潮澎湃，肃然起敬。原来在这表面看似荒芜枯败的杂草下面，竟是星星点点的绿色，放眼望去，一大片一大片满是新绿。春色关不住，春风吹又生。在柔和的春风里，生命的绿意焕发出蓬勃的生机。

当一缕缕炊烟升起时，附近的果园里早已喧闹起来。三五成群的人们一边看着果树，一边锻炼身体。大家舒散舒散筋骨，抖擞抖擞精神。欢快的鸟儿也跟着凑热闹，在果林间蹦蹦跳跳，呼朋引伴地卖弄着清脆的歌喉，使人眼前不由得浮现出莺歌燕舞、鸟语花香的画卷。此刻虽然不是树林荫翳，鸣声上下，但也是游人和群鸟皆乐也。春风拂面，暖暖的，柔柔的，像母亲的手抚摸着你，让你感觉是那么舒适和惬意。在明媚的杨柳风里，大家鼓足了劲儿，扬帆起航，直济沧海。

菜地里，大伯们又忙碌了起来。他们拿起铁锹，扛起锄头，翻翻地，松松土，把菜地分畦列亩地平整好，就等着播种栽苗了。忙完一阵，大伯们立在地头，抽上一袋烟，看着被修整得平平整整、松松软软的土地，咧着嘴笑着，那神情仿佛是在看着最亲爱的孩子。地邻们微笑着说着要种些什么菜，精心地计划着如何把“孩子”培养成才。春风拂来，夹杂着新翻的泥土的气息，混着青草味儿，浓浓的，香香的，甜甜的。扑鼻而来的泥土芬芳，滋润了菜农的心田，承载了厚重的梦想，托起了殷切的希望。

吃饭时，大家再也不怕冬天的寒冷了，把饭桌从屋里搬到了屋外。农家院里欢声笑语，满院飘香。东家的王大婶捧着饭碗就到了西家的李大娘家里，边吃边聊。一丢碗筷，她俩便朝北头的王奶奶家走去。 王奶奶是村里的孤寡老人，八十九岁高龄了，生活不能自理，全靠村民们的热心帮助。这不，王奶奶的小院里，门庭若市。大家都忙碌着，有的打扫院子，有的晾晒被褥，有的在洗衣服，还有几个人忙着在门前的花池里种花……王奶奶则坐在小院中间乐呵呵地看着大家，满脸的幸福。农家小院里的春风，让人沉醉，让人神往。

乡下的春风里，满眼是绿色，满腔是热情，遍地是纯朴，遍地是希望！

开在时间上的花

走着走着，孩子们就长大了。走着走着，花儿们就怒放了。走着走着，我们就开始变老了……

可是，我们的时间都去哪儿了？

时间如小河流水一样，源源不断地向前奔跑，不会因任何人的留恋而停止不前，也不会因任何人的后悔而回溯倒流，它就那样冲刷着记忆的碎片不停地流着，游着，走着，对于所有人来说，时间不疾不徐，不多不少，一切都刚刚好。

时间的水流里见证着我们过往的奋斗，也承载了我们对未来的期许。水流的过程中也会遇到顽石泥沙阻挡，我们犹豫彷徨，甚至退缩，但是水滴石穿，“千磨万击还坚劲，任尔东西南北风”，我们冲破了种种阻碍关卡，一路高歌，去迎接柳暗花明又一村的惊喜。当我们不经意间回头凝望，那水流经过的地方，芳草萋萋，花海摇曳，芳香馥郁。

闲云潭影日悠悠，物换星移几度秋。小时候不谙世事，无忧无虑地度过了天真无邪的童年。长大后猛然间就多了那么一丝迷茫和彷徨。现世安稳，可我却于安稳中惶惑不安，徘徊在时光的渡口找寻前进的方向。人生多舛，世事坎坷，迈着匆忙的步履奋勇向前，看惯了，听多了，便也见怪不怪，处变不惊。改变不了现实就改变自己，任劳任怨，砥砺前行，撸起袖子加油干，直挂云帆济沧海。

既要脚踏实地又要仰望星空。我拼了命地工作，身为一名光荣的人民教师，我每天披星戴月，正如网络流行语所说，“起得比鸡早，睡得比狗晚”。我把全部的精力和时间都给了学校和孩子们，历经无数寒彻骨，换得梅花扑鼻香。我培养了无数优秀学子，他们散落在祖国的四面八方。我也于孜孜不倦和呕心沥血中取得了很多国家级教学成果。每年教师节收到孩子们从全国各地发来的微信祝福，是我最欣慰最幸福的时刻。

学生时代与书香相伴，对文学的挚爱情不知所起，一往而深。课余时间努力地爬格子，文字竟也被报刊青睐变成铅字。工作之后，我全力以赴教学，无暇他顾，于是文学梦也被束之高阁。偶然的机遇，遇到不忘初心的文友，在他们的鼓励和督促下，我在紧张的工作之余又重拾文字，泛舟文海，在夜深人静的夜晚，记录下自己的所思所感所悟，文字见诸各大报刊，出书编著也接连不断。脚步还没有到达的地方，名字却已经飞到了那里。当脚步行至名字已飞过的地方时，心里有一种说不出的熟稔与亲切。

我在时间的长河里不停地学习着成长着。为了能更好地了解孩子们的心理，让孩子们阳光快乐地健康成长，我进一步学习心理学和教育学，充分利用宝贵的假期时间去学习，天南地北地跑，一直奔在学习的路上，学完回来，带着孩子们和家长们做各种心理学活动，开办各种心理知识讲座，开展各种心理工作坊，用心灵温暖心灵，让更多的人因心理学而受益。

教育、文学和心理是我人生路上遇到的人参果，犹如海边沙滩上漫步的孩子于万千贝壳之中发现的那几个晶莹剔透、闪闪发亮的贝壳。踏着奋斗的足迹，捡拾奔跑的点滴，留存难忘的回忆，共享生活的美丽。

白驹过隙，再回首，时间的长河已悄然流过三十余载春秋，三十而立，四十而不惑，而我又做了些什么？只恨时间不够用，恨不能生出三头六臂。我想起央视科教频道的一档节目《我的一本课外书》。当九岁的小选手讲完参选书目《水浒传》时，评委马瑞芳老师立即给了绿灯通过。李潘老师正在犹豫是否让其通过时，马老师问了一句："你九岁的时候干什么了？"这一问如当头棒喝，如醍醐灌顶，让每个人都扪心自问。年少时宝贵的光阴浪费过去，追悔莫及。但后悔是没用的，只能一鼓作气，从头再来。"言寡尤，行寡悔"，唯有催鞭奋进，马不停蹄了。

《朗读者》中有一期节目请出了许渊冲老先生，他说的一句话让我一直铭记：生命不是你活了多少日子，而是你记住了多少日子。要让你过的每一天都值得记忆。是的，一个人的生命是有限的，我们不能增加它的长度，但是我们可以增加它的宽度和厚度，让生命在时间的水流里莹润饱满，如花绽放，芳香四溢。

在尘埃里开出花来

学校的后勤人员中有一对四十岁左右的夫妇。他们负责学校的清洁打扫工作，包括垃圾的清理和运送。

每天清晨当大家还在睡梦中时，夫妻俩就已经开始工作了。他们要到学校清理垃圾，然后再把垃圾运送到郊外的垃圾场。等我们开始上班时，他们已经结束了垃圾清运工作，开始打扫校内卫生。

夫妻俩做事踏实认真，任劳任怨。正好学校的老修理工王师傅因病请假了，于是学校就聘用男人做修理工。学生的桌凳坏了、教室的灯棍坏了、墙上的文化窗坏了等等这样修修补补、敲敲打打的活都归他负责。他很乐意去做，很卖劲地干着，而且态度特别好。平时老师谁有需要修理的东西只要喊一声，他就跑上前来，耐心地给你修好，弄得老师心里热乎乎的，再见了面，大家不再因为他是清扫工而不屑一顾，都热情地喊他“刘师傅”。

男人每天要修理东西，打扫卫生的工作主要由女人干。她不光要扫地、拖地、擦拭桌椅，而且还要冲洗厕所。有一次我去厕所听到哗哗流水的声音，正要转身走，却听到她喊道："没事，你进来吧。"只见她穿着胶鞋，双手托着长水管冲洗便池。她满脸笑容，还哼着小曲。我很震撼，干这种其他人唯恐避之不及的工作，她竟也能乐得起来，真是让我们这些工作环境优越却抱怨的人汗颜啊。

说到这两口子，大家都伸出大拇指赞叹。"哎，你们注意到没，每次刘师傅和他爱人开着三轮车运送垃圾回来，都满面笑容，很快乐的呀。"同事小李说。

"是呀，而且两口子的感情好着呢，上次我还见男人往女人嘴里送棒棒糖呢。"大家纷纷附和说，他们二人总是笑盈盈的。

这让我想起在美国工作的同学给我讲过的一件事：乔失业了，到处找工作无果，最后找到了一份运送垃圾的工作，可他太太艾米丽不仅没有贬低他，相反还为他骄傲自豪。艾米丽说，当了清洁工就要把街扫好，就像米开朗琪罗把画画好、贝多芬把曲作好、莎士比亚把诗写好一样，他应该把街扫好。

职业不分高低，快乐不分职业。不是工作造就一个人，而是人们造就着工作。我们的刘师傅夫妇就用实际行动践行了这一道理，他们辛勤劳作，把工作干得有声有色，垃圾中洒满了他们的汗水和快乐，结晶成灿烂的花朵，芳香四溢。

只要心向太阳，生活处处是阳光

一

去超市买东西时，我经常会遇到一个女服务员。她四十多岁的样子，穿着一身工装，笔直地站在超市的后门口，满脸微笑地看着进进出出的顾客。同事都叫她李姐。

一次我在后门口旁边的副食区买鸡蛋，当时我手里抱着一个大西瓜，无法接住已称好的一大袋鸡蛋。负责卖鸡蛋的销售员脸上阴云密布，没有好气地说："快点儿接住呀，人家后面还等着称鸡蛋呢！"就在我一手抱住西瓜，一手接住鸡蛋时，李姐马上跑了过来，不由分说地帮我接过了鸡蛋，然后又走了好远把我送到前门的收银台前。我十分感谢地从李姐手中接过鸡蛋的时候，无意中碰到了她的左臂膀，空空的，只是一截空荡的、软软的袖管。

我一惊，她却报以阳光的一笑，转身离开了。霎时，我的内心澎湃，喉咙满满，一股热流涌过胸膛。

二

有了这次交集，再去超市，我特意去后门口感谢李姐。可她谦虚和蔼地说：“一点儿小忙，不算什么的。”

李姐总是那么阳光快乐，脸上始终洋溢着明朗的微笑。她的任务是看好后门口，不让未在前台结账的人从这儿出去。可她很乐意帮助人。每每看到有拿不了东西的人，她都会上前帮忙，用她仅有的右臂抱住东西。每当有人询问她物品在哪里，她都会热情地领他们前去放置物品的地点。甚至有人问她厕所在哪里，她也不厌其烦地把人送到厕所门口。其实这些都不属于她的职责范围，可她还是默默地做着这一切。

超市里的顾客络绎不绝，需要称东西的人排着队。负责过称的销售员们都烦躁不堪，叫苦连天，她们的脸色不好看，对顾客们也没有好气。她们抱怨着：“哎哟，累死了。忙得手脚不停，都没有喘气的时候。”这时李姐就会走到各个摊点帮忙，她在几个摊点之间马不停蹄地忙碌着，满面微笑，仿佛是在享受一份非常愉快的工作。

三

每次去超市，我都会碰到李姐。一来二去的，我们就成了很要好的熟人。渐渐地，我也知道了些许李姐的故事。

李姐是附近的村民。八年前，一次浇地时，她推上了抽水的电闸，可是电闸年久失修漏了电。李姐的左胳膊触电被截肢。她当时悲痛过，绝望过，彷徨过。“少了一只胳膊，还能干什么？我当时已经失去了生活的勇气。可是有一天，我看到有一只鸟从空中掉了下来，它的一只翅膀受伤了。但它在地上拼命地试图往上飞，它试了很多次，挣扎了很多次，终于，它又飞了起来。那一刹那，我哭了。连鸟折翅都能飞翔，我一个大活人少一只胳膊又算什么？我也能行的！”李姐满含眼泪地动情地回忆着。从那以后，李姐重新步入了正常的生活。她干过销售，收过废品，摆过小摊儿，她用坚强的毅力和对生活美好的信念努力工作着。

“孩子在这附近上学，我就找到了超市的这份工作，这样下班时间也能管管孩子。”李姐快乐地说。

年终，超市评选优秀员工时，李姐胸前戴上了“最佳人气员工”的奖章。

“人就得勤奋工作，积极向上，认真踏实地做好自己能做的每一件事。不管刮风下雨，我的心里一直有太阳。一心向着太阳，那么生活就会处处有阳光。”李姐语重心长地说。

即使没有翅膀，心也要飞翔。只要心里有太阳，生活处处是阳光。

荒芜也能开出花来

喧闹的贸易街上，他骑着电动三轮车，满面春风，随身带的小喇叭里不断地放着提前录好的声音："馒头、糖包、湿面条……"不时有人过来买东西，他则快乐友善地给顾客装好，亲切热情地递给顾客。

我的心愕然一惊，我不会看错了吧，他竟然是卖馒头的？当我定睛细看确认是他后，内心久久不能平静，眼前又浮现出那灵动的身姿和优美的舞步……

那是在晚饭后，我和邻居去广场散步。广场上游玩的人熙熙攘攘，热闹非凡。我看到一个角落里有一群人在围观，便走了过去。原来这群人是在跳交谊舞，其中就有他。优美的旋律，灵活的身体，曼妙的舞姿和舒缓的音乐融合在一起，是那样令人沉醉，令人神往。他是现场跳得最好的人，挨着他的人群，掌声也最热烈。只见他满面春风，潇洒灵活地舞动着，旋转着，适当的时候也很绅士地带着舞伴转几个圈，动作是那样温柔、轻盈、灵动、有韵致。我想象着这应该是怎样的一位男子，肯定有令人羡慕的工作，有美丽贤淑的妻子……

可我现在才得知他是卖馒头的，于是我便一路打听寻问来到了他的馒头作坊。这是一间矮小破旧的简陋砖房，但是里面却收拾得干净整洁，屋里摆设井然有序。靠墙一台压面机，中间是一块揉面的大案板，角落处放着十几袋面粉。他戴着口罩，围着围裙，忙碌地工作着。能看得出他走动的步伐依然是那样轻盈，灵动。我买了馒头正要走，迎面碰到一个坐轮椅的女人，她相貌平平，但却干净整洁。他竟摘下口罩温柔地对她说："就在门口晒太阳吧，别往远处去了。"女人报以幸福的一笑说："我没走远，刚才就在旁边。"他忙送来一杯水，看着女人开心地喝完，他疼爱地抚摸着女人的肩膀。我再一次震惊了。这竟然是他的妻子。

周边的街坊邻居说："这孩子命苦呀。从小就没了爹娘，吃百家饭长大的，饥一顿饱一顿，落了一身毛病。好不容易娶个媳妇吧，又出了车祸，坐在轮椅上不能动，全凭他伺候。他一个人支撑着这个家，真的很不容易呀！"

后来在买馒头的间隙，我与他聊了起来。我问道："你不觉得累吗？"他很坦然地说:"累不累全凭感觉，就好像有人问你时间长不长一样，不同的人有不同的感觉，对于等待者，时间太慢；对于悲伤者，时间太长；对于欢乐者，时间太短；对于相爱的人，时间永恒。我就属于后两者。生活赋予我们美好的一切，我们去快乐地享受，哪还能感觉到累呢？"

突然记起曾看到过这样一句话："当你以为你的心已经荒芜，它却会出其不意地开出花来。那一刻，所有的荒芜都成了往事。"

只要心中充满阳光，荒芜也能开出花来。

芦荟花开

前年十一回老家捡回了一盆芦荟。说是捡，也毫不夸张。因老家翻盖新房，很多东西都杂乱无章，凌乱不堪。就在残垣断壁的碎砖瓦块间，我发现了这个特殊的生命，犹如地震后瓦砾中垂死挣扎的一条生命。它用柔弱的身体奋力支撑着，顽强不屈地残存于废墟之间。我迅速拨开碎砖瓦块，小心翼翼地捧出这盆芦荟。它已遍体鳞伤，满身疮痍，像一个无父无母的孩子，无辜地瞪着泪汪汪的大眼睛看着我。我轻轻地拭去芦荟叶片上的尘土，把它带回了家，放在温暖的阳台上。

芦荟像一个走丢了的孩子又重新回到了父母的怀抱。我虽然是把它从废墟中解救了出来，可我并没有照顾它，甚至连水都没怎么浇过，在阳台上一放多少天，我甚至看都没看过。可芦荟很珍惜这份来之不易的情感，生怕再次失去亲人，它顽强地生长着，斗志昂扬地成长着。相比之下，那些名贵的花不得不甘拜下风了。它们犹如娇贵的大小姐般要你耐心地伺候着，水浇多了不行，浇少了也不行，不晒阳光不行，老晒阳光也不行，而且还要隔三岔五地给它们修剪枝叶，做做“美容”。而芦荟就是一个豪放的北方粗汉子，只求付出，不求回报。它只求长高了长大了能好好地感恩主人，让主人用它来做美容。芦荟汁可以涂抹在脸上，是一种天然的美容面膜；被蚊子叮咬了，涂上芦荟汁立刻消痛止痒；芦荟也能给伤口消炎止痛。真是“家有芦荟，一切都会”呀！

芦荟长得并不算快，但我能感觉到它是在拼命地成长着，尤其是从芦荟中间冒出的新芽，更让人感动。它是从里往外长的，中间先冒出一个嫩嫩的、水水的小新芽。新芽慢慢地长大，长成厚实的浅绿枝条时，又会从中间冒出一个浅黄新绿的小芽，水嫩的新芽，饱饱的、鼓鼓的，如新生的婴儿，脸上嫩得都能溢出一汪水来。这些已长成的有着厚实果肉的宽大长长的枝叶一层层向四周伸展开来，像巡逻的士兵认真看守保护着中间的嫩叶。

突然有一天，芦荟中间抽出一根茎。这根茎硬硬的挺挺的，不像先前的芦荟嫩芽如小家碧玉般精致微妙地生长着，这根茎完全抛去了那份腼腆与羞怯，犹如生龙活虎的少年般迅猛成长起来，长势很是猛烈，一天一个样儿，每天都长高一大截，眼看要超过外围的枝条了。它还在猛长着，一边长一边还结出错落有致的淡黄色小芽。这根茎终于冲出了包围圈，直直地向上伸展，腰身笔挺，争高直指，犹如训练有素的士兵，昂首挺胸，斗志昂扬。

这时，茎的顶端已抽出样子像草莓或菠萝，形状像麦穗似的花穗。这些花穗逐渐地伸展开，变成了落错有致的小花骨朵。这些花蕾是浅白色的，透着些绿，又泛着些黄，形状瘦长、饱满，如纤纤玉女，错落交替地陪伴在长茎的左右，好似在感恩长茎的不易。花骨朵都昂着头，气宇轩昂地看着这个世界。几天后，最下面的花骨朵竟然开放了。饱满的花骨朵中吐出了几条纤细的浅黄色的花蕊，犹如娇羞的少女，碧月羞花，惹人爱怜。

可让我震惊的是，这些花竟然是头朝下的。它们怀着艰辛孕育了丰硕的果实，正当它们该炫耀自己果实的时候，却谦恭地低下了头，心甘情愿地把最美的姿态留给了在它们上面的花骨朵。而上面的花骨朵也秉承了这些已绽放的花朵的精神，低头朝下盛开，如此传递，上面是饱满的昂首挺胸的花蕾，下面是温柔的低头盛开的花朵。红花甘当绿叶，绿叶不负红花。如此美景，芦荟赐我。

默默无闻，低处盛开。这种虚怀若谷、舍己为人、只求付出、不求回报、甘于奉献的境界不正是我们人类所需要的吗？！

按下暂停键

一

那是一个冬日午后，我从外地回老家，下了火车转乘汽车。司机师傅浓眉大眼，五十岁上下，很健谈。我们一路上说说笑笑往家赶。省道修路，路面不甚好走。走到一修桥处，来往的车辆都从桥的南面穿行而过。桥的南面被辟出了一条土路，过往车辆把这条土路压得平坦而宽阔。司机师傅驾轻就熟地往前走着，可是到了前面却突然慢了下来，甚至不走了。我一看前方路面开阔也没有堵车，便问为什么不走了呢？司机师傅语重心长地说："你看前面是个上坡，我们暂停一下，一是与前面的车保持足够的距离，以防前面的车往下溜车，二是我们暂时缓冲一下，以便加大油门更好地越过上坡。"

司机师傅说的是对的，因为有了暂停，我们稳稳当当地过了上坡。后来听说那里因为开车太急而发生过好几起交通事故。生活中的我们都是急匆匆地往前走，不管前方路途如何，只管迈开了腿，一个劲往前冲，等到回头望时才发现，我们只不过是在原地画了一个大圆，费劲气力又回到了原点。我不得不佩服司机师傅的智慧：学会暂停，学会缓冲。

暂停，不是停下来不走了，而是缓冲一下，审时度势，蓄势待发。

二

我的同学刘冰是优秀业务员。他工作非常认真勤奋，惜时如金，起早贪黑，在单位是出了名的“拼命三郎”，也因为他的努力付出，业务做得很出色，屡屡获得上级表彰。我们都说刘冰是一台不知疲惫永不停歇的机器，可一个周末我却在公园里遇到刘冰，只见他一边散步一边听音乐还跟着小声哼唱，神态之陶醉之享受，令我甚是诧异。

我打趣道：“你这拼命三郎也有如此休闲的时候呀？”

“那当然了，工作这么忙这么累，我们要学会暂停，放松自己，别把那根弦绷得那么紧，要做到张弛有度呀！”

没想到平日里只知埋头苦干少言寡语的刘冰竟能说出如此有哲理的话来。他的这番话确实警醒了我。我们整日奔波，把自己置身于如山如海的工作中，总有做不完的活、干不完的事，而且事事争先。我们把自己拉得像一张饱满的弓，丝毫不敢松懈，殊不知，在沉重压力下我们走得更累、更慢。我不得不佩服刘冰的做法：学会暂停，张弛有度。

学会暂停，休憩调整，以更好的姿态出发。

三

在丽江到处可见悠闲散步的人。细雨滴滴的天气，擎着花油伞，在溢满石板香的幽深小道上缓步前行，是那样优雅，那样清新，那样富有活力。冬日午后的暖阳下，老人们坐在自家门口晒太阳。我与之攀谈，问道他们何以这么悠闲放松。老人悠悠地笑着说：“你们都那么急着走，匆匆赶路，那我问你，人生的终点是什么？”我如醍醐灌顶，恍然大悟。是的，在这个熙攘往来、喧嚣四起的快节奏社会里，有很多人都在步履匆匆地赶路，永不停歇。难道我们只是为了更快地到达终点吗？一个人生命的长度是有限的，但是一个人生命的宽度是无限的，不要只顾急匆匆地奔向终点，要学会暂停，利用暂停的时间去做自己想做的事，充盈内心的向往，丰富多彩的人生。

及时按下暂停键，拉长生命的长度，增加生命的宽度，让我们的人生旅程更加圆润，更加饱满。

路过也不打酱油

潘沄是我的同事，我们在同一个办公室，她教语文，我教英语。潘沄是学校招聘的老师之一。学校扩大规模，扩招学生，急缺老师，就自主招聘了一批老师。这些老师都没有编制，工资由学校发放。这批老师们大部分都抱着得过且过的心理：反正自己也不是正式的，即使付出很大的努力和心血，到头来也没有名和利。

对于聘任教师，学校是很宽松的。因为不在编，没有纳入考勤系统，他们不用签到，不用盯岗，上完课就自由了。大部分人一上完课就哼着小调走人了，很是轻松自在。可潘沄不同，她上完课却仍然坚守在办公室，从没离开过。而且她每天很早就到办公室打扫卫生。我们办公室其他几个人都是在编老教师，依仗着老资格的身份，心安理得地享受着潘沄为我们大家带来的服务。可潘沄从来没有一点儿委屈，好像这一切就是她应该做的一样。

潘沄上完课不是像其他招聘教师那样自由快乐地走了，而是在办公室批改作业、备课、研读教材、辅导学生。我们私下里笑她傻，放着轻闲不享，非自找苦吃。

潘沄很勤快，很能吃苦，从不抱怨。语文和英语每天早晨都要上早读课。夏天还好些，难的是冬天早晨五点就得起床，人困天黑又冷，在人们都还沉睡的漆黑凌晨奔向学校，那个受罪劲儿甭提有多难受了。可每次我按时到达学校时，潘沄都已经站在教室门口了。闲暇时，我们在办公室互相抱怨上早读课太受罪，问到潘沄有何感想时，她淡然一笑，说道："是呀，我们起得是有些早，可这是我们任课科目的性质决定的，是我们改变不了的，既然改变不了，我们就认真地把它做好。"潘沄的一番话让我们对她刮目相看。

潘沄工作很认真，学校交代的任务她都是第一时间完成，而且还主动地承担起学校的其他工作，这让领导对她很是赞赏。

潘沄的课生动、风趣、幽默，很受学生的欢迎。因为潘沄是半路接手了这个班的语文课，学生们对比之前的语文课，一致高度赞叹潘沄老师讲得好，对她甚是爱戴。潘沄对学生们非常和蔼可亲，学生都非常喜欢上她的课，因而她带出的学生成绩很好。一些原来语文很差的同学，现在也深深地爱上了语文课，成绩突飞猛进。潘沄还主动把学生的习作投稿到报刊，文章的发表对于学生是莫大的鼓励，越来越多的学生喜欢上了写作，很多学生的作品见诸报端。

这也引来了一些老师的不满。"出什么风头？一个招聘老师还在学校卖什么劲儿？你只不过是个打酱油的，是个流水的兵，说不定学校哪一天就不用你了。差不多就行了，做出一番成绩来，想把自己变成正式的呀？"可潘沄不把同事的讥讽放在心上。她很谦逊低调地做着自己的事情，而且她还慷慨大方，这让大家很是羞愧。大家逐渐把对她的羡慕嫉妒恨变成赞美和敬佩了。

潘沄的教学成绩出色，赢得了师生和家长的高度好评，潘沄在我们当地的名气越来越大，知名度也越来越高，一些私立学校想把潘沄高薪挖走。我们学校知道后，为了留住这样的贤才，破例把潘沄聘为我们学校的长期教师，并且将她的工资翻了两番，比在编老师还要多一些。

课余时间我们向潘沄取经，潘沄很诚恳地说："不管做什么事情，都要认真对待。用一颗虔诚的心去做。路过也不打酱油。抱着认真的态度，用心去做事，不要只看结果，要把过程做好。只要努力了，付出了，那么我们就无怨无悔……"

快乐的源泉

我们单位负责做饭的是一位年近六十岁的阿姨，她是从一家大型企业职工食堂退休的员工，我们都称她李姐。李姐很勤奋，每天早早地来到单位，首先收拾前一天晚上职工们用餐后的餐桌，然后坐上锅烧水做饭。在做饭的间隙，还要把一楼打扫一遍，包括擦桌子、扫地、墩地等。收拾停当，李姐还要把午餐用到的青菜择好、洗好。

有一次我晚上在单位值班，第二天一大早李姐就来了，她挽起袖子马上忙碌起来。李姐收拾好昨晚的餐桌，然后到厨房烧上饭，便开始打扫卫生。看李姐忙得手脚不停，我便上前帮助李姐，可李姐执意不让。她笑着说："这不算什么的，我都习惯了。每天都是五点就起来了，简单洗漱下就往这边走，六点之前就到单位了。要是做麻烦一些的饭菜，比如蒸包子呀、炸鸡腿呀，我就会早到半个小时，因为需要提前把面揉好。"

李姐变着法子地给我们改善伙食。一般每顿饭是有两荤两素，有菜有汤，中午的时候还变着花样地做些水煮鱼呀、炸鸡腿呀、咖喱饭呀、酸辣粉，等等。因为来自南方的同事喜欢吃辣，而北方的几个同事则不喜欢吃辣，所以，李姐每次都是做两份，一份辣的，一份不辣的，以满足大家的不同需要。李姐本人是不吃辣的，可她为了让南方的那几个同事吃着上口，特意做了油炸辣椒酱，只为把菜做得有滋有味。

中午吃饭的人一般有二十几个人，多时达到三十几个人，都是李姐一个人在忙活，可是李姐依然把菜做得色香味俱全，很受大家的欢迎。有时蒸包子，李姐要调好几种不同的馅，有荤有素以满足大家的需求。李姐的工作量如此之大，可李姐却很快乐，从来没有报怨过。

我很佩服李姐。在食堂盛饭时，我问李姐："您一个人要做这么多饭，还变着花样地做，而且还要做很多口味，不累吗？"

李姐却快乐坦然地说："这没有什么的。我把做饭当成一种享受。当你享受于工作时，你就不觉得累了。"

李姐的话给了我很大的触动。做事情累不累源自于我们的心态，你开心快乐地去做，把工作当成一种享受，那你就会轻松自如；反之，你愁眉苦脸，心有抱怨，做事也会事倍功半，而且还会觉得非常累。

快乐的源泉在于你是否会享受生活，享受工作。不管做什么事情，都要当成一种享受，你用心地享受着，工作不仅不累，还会给你带来快乐。

不计较，不纠结

工作之余，同事李姐懊恼地说：“我从商场买了一件大衣，跟我们邻居的大衣一模一样，但是价钱却比她的贵，一问，原来她是在网店搞活动时买的，于是我就到商场把衣服退了。商场很远，我坐车去那里来回花费了一大晌的时间。然后又从网店买，结果网店活动结束又恢复原价了。我是竹篮打水一场空，赔了夫人又折兵呀。唉，真是的，我要是不计较那几块钱，现在衣服不正穿得好好的嘛！”

我愕然，生活中我们不是常常这样吗？什么事情都愿意和别人比较，结果是，一比较就计较，一计较就纠结。

想起我和好友丽去商场购物的一次经历。当时我遇见了一件合适的衣服正要买，被丽一把拉住了，她颇有经验地小声说：“别急着买，要货比三家的，再转转看看，若真没有合适的，再回来买也不迟。”我被丽拉着一家又一家地逛。相同款型的衣服倒是不少，但是价钱却不尽一样。于是丽就耐心地比较起衣服的材料、质地、牌子、出产地等。我被搞得头昏脑涨。待详细地比较了一番，我们还是觉得最初的那件衣服好。就这样，转了一大晌，兜了一大圈，画了一个大圆，又回到了原点。我真佩服丽的耐心和精力。丽说我不会过日子，买东西就是要比要看的。是的，我从来没有这么仔细过，我买东西都是走马观花，遇到了即买，不会挑挑拣拣，更不会货比三家，当然也吃过不少亏上过不少当。但是我也从中节省了很多时间，与时间相比，我认为不计较不纠结是值得的。

我们凡事都愿意比较，比较后的结果令人满意还好，若是不满意、不顺心了，就计较就纠结。可在比较纠结的同时，我们却失去了最宝贵的东西，那就是我们的时间和精力。我看过的一篇文章中说道：生命中大段的光阴多是在计较中白白付诸东流。赏花何惧有枯枝，满眼繁华皆快意。生活是一幅速写，幸福的轮廓多是几笔之间勾勒而成。

我的手机中存了很多照片，存储太满，手机已经不能拍照了，可看看这张挺好，那张也不错，不知要删哪一张。老公过来一看，三下五除二就把照片删了一大堆。他说好多照片都是重复的，我一看，果真是拍了很多重复的照片自己却舍不得删，以至于影响了手机的功效，也影响了自己的心情。

一位文友说过，我们大可不必对每件事斤斤计较，尤其是一些琐事，我们千万不要把生活嚼得很碎。生活是一根冰棍，嚼碎了，你会发现空有余凉，索然无趣。

不计较，不纠结。坦然去生活，快快乐乐过好每一天。

换个角度看事物

周末，我们一家去游玩。玩累时，我们便在公园的木椅上坐了下来。周围到处是高楼大厦，鳞次栉比。

儿子望着远处的一幢高楼说：“为什么那幢高楼还没有我们旁边的这座五层楼高？”

老公笑着说：“这是因为我们看的角度不同。如果站到高楼的角度再去看，那么又会是另外一个样子。”

我愕然。是的，一个东西是什么样子，不是绝对的，而是取决于我们看的角度。儿子课本上有一篇课文是《画杨桃》。作者在他的位置上把杨桃画成了五角星，引来了大家的嬉笑。老师说，看的角度不同，杨桃的样子也就不一样。

“不识庐山真面目，只缘身在此山中。”我们又何尝不是如此？我经常抱怨工作太累，忙忙碌碌，没有停歇的时候。可同事刘赟却阳光快乐，很满足当前的工作状态。当我愁眉苦脸地问她为何能在如此重负的工作中保持开心快乐时，她爽朗地笑着说：“你想呀，我们有一份体面的工作，忙是忙了点儿，但是能免于风吹日晒吧；我们虽然起早贪黑，但我们能与星星月亮做伴，多美呀！生而为人就是要干事的。生命在于运动。当我们忙得手脚不停的时候，说明我们的生命正在运动呀，说明我们的生命奔腾不息嘛！”听了同事的解答，我豁然开朗，不再抱怨了，虽然干的还是那份工作，竟也满面春风，幸福满怀。

我们楼下的小丽生活非常辛苦，丈夫在外地工作，她一个人带着孩子，又得上班，又得管孩子，又得照顾家，生活和工作的重担全都压在她一个的肩上，她整天飞跑着上楼下楼，简直跟超人一般。楼上楼下的邻居都知道她的生活不容易，可小丽却一点儿也不悲观抱怨。她开心地说：“凡事看你怎么去想。我不觉得我有多苦。我很快乐，我有一个健康、聪明、活泼的儿子，有一份可以让我吃饭的工作，还有一个温馨的小窝。虽然丈夫不在我的身边，但他去外面辛苦打拼是为了让我和孩子能过上更好的生活。他对我很体贴照顾，每天都会打电话。”说着，小丽的脸上飞起朵朵红晕。跟小丽比起来，我有老公在身边陪着，有公公婆婆照看孩子，可我还整天抱怨工作忙，生活累。听了小丽的话，我突然觉得生活是那么美好，好好珍惜眼前的幸福吧。

诚然，生活中的我们可能有这样或那样的烦恼忧虑，但换个角度去看问题，就会拨开云雾见天日，柳暗花明又一村。

雨　中　情

感情细腻的雨姑娘，把多愁善感的眼泪洒向人间。噼里啪啦的雨点敲打在房屋上、大树上，还有小院里摆放整齐的杂物上，如泉水叮咚作响，奏成了一首优美感人的交响曲。那雨声从耳边滴落进心里，凉凉的，爽爽的，柔柔的，内心深处陡然升起一种说不出的爽快和感动。

细细的雨丝密密地斜织着，乍一看还看不到，需要凝神定睛去看，如牛毛，似针丝，像轻柔的喷泉洒向大地。小院里，红砖铺成的地面上，溅起一片片的水泡，水泡此起彼伏，如河水里欢快的鱼儿在调皮地吐着泡泡。红砖在雨水的浸泡下，愈发显得透亮鲜红。院子中央那一池枝繁叶茂的竹子，竹节已拔得很高，竹叶争先恐后地向外伸展着，外围的枝干向四周弯曲辐射，有的低垂到地面，像要与此起彼伏的水泡亲吻似的。微风一过，满池的竹子翩翩起舞，叶面上的水珠随风滑落，亮闪闪的，让人心旌摇曳，心便也跟着舞动起来。于是，我便想起了苏轼的《文与可画筼筜谷偃竹记》，文与可画中的筼筜谷的竹子，“此竹数尺耳，而有万尺之势”。眼前这雨中的竹子，虽历经风霜雪雨数年，仍然不损不减，年年拔节新发，气势丝毫不输那万尺之势。由此可见，竹子虽为一草木，却被用来喻示虚怀若谷和高风亮节的精神，不是浪得虚名。

竹子的旁边生长着两棵挺拔向上的柿子树，宽大厚实的叶片在雨中愈加深绿油亮。一行垂柳风韵绰约地站立在小院的东边，弯弯的细长的柳枝，浅绿鲜嫩，婀娜多姿，在雨水的滋润下，愈发朝气蓬勃，生机盎然。一排饱经沧桑的枣树整齐端庄地站立在小院西边，犹如威严的士兵整装待发。枣叶浅绿清亮，形小而多姿，在柿子叶的衬托下，如小家碧玉，似小鸟依人。但整棵枣树不乏挺拔向上之势，树干粗大，树冠葱茏，雨下得越大，它愈加精神抖擞。正如鲁迅先生在《秋夜》中所写：“他知道小粉红花的梦，秋后要有春；他也知道落叶的梦，春后还是秋。”但它不管环境如何变化，只是“默默地铁似的直刺着奇怪而高的天空，使天空闪闪地鬼睒眼；直刺着天空中圆满的月亮，使月亮窘得发白”。

看着雨中的青翠，赏着雨中的鲜嫩，闻着雨中的清新，眼前便浮现出“岸芷汀兰，郁郁青青”的景象，耳边便响起“天街小雨润如酥，草色遥看近却无”的诗句。没有风，一切都在雨中静默着，如智者在思考，如学者在研究，又如读者在品味，一切都是那么朴实无华而又厚重……

喜欢雨，大到倾盆雨柱，小到蒙蒙雨丝，我都喜欢，尤其喜欢睡觉时下雨。躺在床上，听着或大或小、或急或缓的雨声，偶尔夹杂着呼呼风声，敲打在窗上，那种感觉美妙极了。耳边凉凉的，心里却暖暖的。此刻，枕着雨声入眠，片刻就进入甜美梦乡。可是，这种时候，是舍不得睡的，要多聆听一会儿悦耳动听的音乐，多享受一会儿舒缓静美的安宁，可越是要珍惜它，却越是会在不自觉中酣然睡去……

喜欢雨，喜欢看雨中的叶青草绿，鲜翠欲滴；喜欢听雨中的声音，嘀嗒，沙沙，噼啪，悦耳至极；喜欢飘飞的雨丝，凉凉的，滑滑的，柔柔的，直暖心底。看着，听着，淋着，任由思绪在雨中飞舞，无边遐想，静静沉思，让疲惫的心灵在宁静的雨中港湾停靠、休养、幽静畅想……

我喜欢雨，无端地喜欢，莫名地喜欢，发自内心深处地喜欢。雨，清、净、凉、柔，洗涤人的心灵，陶冶人的情操，开阔人的胸怀，滋养人的性情。可谓“鸢飞戾天者，望‘雨’息心；经纶世务者，窥‘雨’忘反”。

雨中的情怀是那么静谧、美好和惬意！

不要让心情等待

周末我和儿子去市图书馆看书。中午十二点闭馆后，我和儿子没有回家，因为下午一点半就开馆了。我心想这一个半小时吃吃饭走走路，一眨眼工夫也就到了。

我们去图书馆旁边的饭馆吃完饭，又在附近遛了一大圈，然后再步行回来，我认为图书馆应该早已开门了，可远远地，我看到台阶上三三两两地坐满了人。咦，他们怎么还不进去，难道还没开门？我把手机落在了图书馆的自动储物柜里，不知道时间，问了过路人才知道现在是一点零五分。我和儿子走上台阶也坐了下来。

这些等着的人看上去应该是附近的学生，他们有的在看书，有的在做题，有的则靠在墙上闭眼小憩。我和儿子则百无聊赖地等着开门。“妈，怎么时间还不到？”儿子的这个问题正好问在我的心坎上。我也在纳闷，怎么等了这么长时间了，还不到开馆时间？我又问了下旁边的人几点了，他说一点二十五分。天呐，此刻时间好像静止不动了，短短的二十分钟，怎么就像一个世纪那样漫长？

在我上课的日子里，时间于我来说就是流水，而我就是水流中漂浮的小草，随着水流波动，从未停止过摇摆。就拿早晨来说吧，五点半一爬起来就去上早读课，七点二十分下课，七点三十五分到家。我匆匆地洗漱下，胡乱扒拉口买来的早点，八点就又得出发。时光飞逝，我在家的这段时间手脚不停，小跑前进，飞跑着下楼，邻居见了我都说：“你的速度简直可以跟超人比拼了呀。”没办法，慢了就赶不上时间了。时间过得好快呀！

一节课四十五分钟，我把内容安排得满满当当，常常觉得是刚上课，但下课铃就敲响了。我也常听到学生们感叹时光飞逝，可此刻为什么时间就慢下来了呢？

进了图书馆后，我如饥似渴地扑在我牵挂的书上，儿子也沉醉在他心爱的书籍中，不知不觉就又到了闭馆时间。儿子问我：“妈，怎么时间过得这么快呀？”

儿子的话让我愕然。不是时间快了慢了，而是我们的心情变化了。平日里的我们都是一台高速运转的发电机，一刻也不得停歇，而等时间的时候，我们的心情就会慢下来，就如那没有了电池的钟表，停止不前。无事可做的时候会觉得时间过得很慢，当我们有所期待时，就感觉时间像停止了一样，等待的时间更加漫长。

常有人说，最烦等时间了。其实他们烦的不是等时间，而是等心情。时间可以等，但是我们的心情不能等。在等待时间流逝的时候，我们要丰盈我们的内心，让心情有所依靠，千万不能让心情百无聊赖地随着时间流逝，那样只是时间的浪费，只是“白了少年头，空悲切”。

国学经典照我行

暑假是我难得的空闲时间。我从书柜里拿出了束之高阁的国学经典书籍。这些书买来已久，但因忙于工作，我一直无暇顾及。我专心致志地读了起来，沉浸于国学经典书籍之中，感叹着古圣先贤们的聪明才学和卓越智慧，学习着中华民族几千年的璀璨文化结晶，吮吸着国学经典文粹的琼浆玉露。在三十而立的年龄才真正接触先人们的文化，真是自愧难当。

“子不学，非所宜。幼不学，老何为？”“唐宋八大家”之一的苏洵二十七岁才开始发愤读书，他为自己起步太晚而懊悔，“尔小生，宜早思”。我也错过了小生的年龄。但后悔是没用的，只能一鼓作气，从头再来。“言寡尤，行寡悔。”做事时要尽量不让自己懊悔。不过好歹还有“活到老学到老”的梁灏，八十二岁时才金榜题名。那我现在学起，还不算晚矣。事已至此，悔又何堪？唯有催鞭奋进，马不停蹄了。

国学经典真是个宝。精金粹玉，甘露醍醐，让人茅塞顿开，豁然醒悟，平时生活中庸人自扰的琐碎小事都不化而解，烟消云散。四书五经、三传五子及诸史给我们留下了无穷无尽的宝贵财富。这里有上至天文、下至地理、三教九流、无所不通的知识与典故；有修身齐家治国平天下的高尚道德与仁义；有为人处世的原则与礼仪；有军事兵法的战术与策略……我每读之，“口而诵，心而惟”，虽不敢说是“朝于斯，夕于斯”，但也是心口念念不忘。只恨时间短暂，所学有限。如《论语》二十篇，恨不能一下子学完，但因才疏学浅，读一遍不能领悟，每章都要细细研读，待弄懂意思后，再读上两三遍，一天的光阴也已悄然而逝。尽管手捧书籍，读之、思之、吟之、诵之，即至人将寐，也不忍释卷，欲罢不能。但即便如此，每天的学习量依然很有限。但又一想，人不能一口吃个胖子，我怎能囫囵吞枣，一蹴而就？若一日看尽长安花，那也只能是走马观花，浅尝辄止，索然无味了，何况此乃圣贤们的文化结晶，需要我们去细细地精读品味。

季羡林大师九十多岁时，依然笔耕不辍，每天早晨四点半起床，亮起朗润园里的第一盏灯，伏案读写，孜孜不倦。本该安享晚年的已年逾耄耋的老人尚能如此，那我们正处于奋斗期的年轻人更应闻鸡起舞、勤学苦练了。我现在也跟季老有同感，如果每天不学点儿东西，不写点儿东西，不做点儿事情，就觉得心里惶恐，“心有戚戚焉”。

国学经典无愧是文化瑰宝。每一个字、每一句话，都蕴含着深刻的道理，历经几千年，却依然熠熠生辉，指导着我们更好地做人与处世。

我们拥有五千年的璀璨文化和文明历史。这是值得我们后人骄傲和自豪的。我们一定要学好传统文化，传承好国学经典，用古圣先贤的话语来要求我们自己，让我们“博学于文，约之以礼”，做好君子之道吧！

辑二／迎风而飞，俯瞰这世界有多美

看过千山和万水，踏遍天南和地北。为一朵云驻足，为一朵花低眉，为一潭水吟唱，为一棵草欣慰。闻一闻花香，掬一捧泉水，迎着风儿飞，俯瞰这世界有多美。

挑战生命中的十八盘

十一国庆长假期间，我们一家去泰山游玩。听说泰山十八盘很陡峭，不甚好爬，我们有意挑战一下，领略十八盘的奇险风采。

我们从红门登山，好不容易到了中天门。这里是中转站，往下有去天外村的客车，往上有去南天门的索道。因为中天门到南天门几乎全是陡峭台阶，尤其是十八盘，更是突兀悬立，难以攀爬，所以很多人都选择坐索道上山。售票处排起了长龙似的队伍。我们此时已疲惫不堪，也想坐索道上山，可这时面前走过一个肩挑东西的人，他步履匆匆地往山上走去。这让我想到冯骥才笔下的挑山工，一下子倍受鼓舞。我对老公和儿子说道：“不到长城非好汉，到了泰山不登十八盘也枉来一遭，往上爬！”他们有些犹豫，我转身向上爬去，头也不回，一口气往上爬了两大段台阶，回头望时，老公和儿子已在后面紧跟着。我很是感动，心想我一定要带好这个头，登上玉皇顶，不留遗憾。

路边到处是碑碣石刻，彰显着泰山的历史和文化底蕴。我们一路攀爬上去，虽说石阶有些陡峭，但因左边是高大的山体，右边是厚重的砖墙，所以也不觉得怎么难爬。但毕竟山高路远，到了十八盘处我已是气喘吁吁了。抬眼望去，高高耸立的十八盘如天梯般悬挂在突兀陡峭的崖壁间，直冲云天。我不由得心中一惊，脚下一软，如此险峻，我们能爬上去吗？明朝祁承濮曾有一诗描写此景："拔地五千丈，冲霄十八盘。径从穷处见，天向隙中观。重累行如画，孤悬峻若竿。生平饶胜具，此日骨犹寒。"

"妈，走吧。"关键时刻倒是儿子提醒了我，于是我们一鼓作气，往上攀爬起来。十八盘分为"慢十八""不紧不慢又十八""紧十八"。自开山至龙门的"慢十八"爬起来还是比较容易的，但是从龙门至升仙坊的"不紧不慢又十八"就是另一番景象了。盘路两边不再有山体和砖墙依靠，而是悬空的，是直立向上的，而且又高又远，让人望而发颤。这时儿子像不怕虎的初生牛犊似的，勇猛往上攀爬，我们也只好紧跟其上。人群中不时有人在惊叫。我小心翼翼地爬着，冷不丁向下看一眼，不禁冒出一身冷汗，就这样战战兢兢、如履薄冰般终于到了升仙坊，本以为已经到达目的地了，可是卖东西的人说还有一盘呢。转过升仙坊往上看，天呐，又有一条天梯般的羊肠小道悬挂在两侧空空的崖壁间，令人毛骨悚然。很多人在石阶上攀爬，都使出了九牛二虎之力。我使劲抓着右边的栏杆，左手拄着登山杖，一步一步往上爬。旁边有一位游客弯下腰来用双手往上攀爬。我不敢想象，若是只有一个人在此攀爬会是什么感觉？恐怕像是悬挂在半空中，叫天天不语，叫人人不应。

在大汗淋漓中我们终于登上南天门。此时再回首来时路，一眼望下去，天梯垂直而下，让人眼晕，心惊胆战。

自南天门上了天街，再往上走就到了玉皇顶。站在泰山极顶，放眼远眺，群山连绵，烟云似海，云雾缭绕，山脚下的泰安城依稀可见。怪不得孔子会有“登泰山而小天下”的伟大胸怀，杜甫会有“会当凌绝顶，一览众山小”的豪情壮志，也怪不得历代帝王会在此封禅祭祀，无数文人雅士在此作诗记文。

“天下事有难易乎？为之，则难者亦易矣；不为，则易者亦难矣。”泰山之行，我们坚持爬了上去，又走了下来，战胜了胆怯，挑战了勇气。再回首，泰山好像在赞赏地对我们说：“你们是好样的，欢迎下次再来！”

我不由得遐想，我们的生命中又有多少十八盘？ 只要我们不畏艰险，勇于攀登，一切都可以战胜！

美哉，凤凰！

这个春节，我去了心驰神往的梦之故乡——凤凰古城。

初识凤凰这个美丽的名字是在沈从文先生的《边城》一书中。攀山缘水，我寻觅着；放飞心灵，我寻找着，寻找那洋溢着牧歌气息的山山水水与充满着善与美的纯洁人性的湘西小镇。然而这个美丽如仙境的地方只能在我的梦里出现。我被工作的繁忙劳累压得喘不过气来，也无暇放松自己。一位凤凰的好友再三诚恳地邀请我去玩，于是我便借春节长假这宝贵的机会去了凤凰，也使疲惫的心灵得以自由地呼吸和休养。

来到湖南省湘西土家族苗族自治州的西南方，在群山环抱中，一个风光旖旎的世外桃源便赫然涌入眼前，这就是凤凰，一个变得让你无限赞叹的地方。

进入凤凰古城，心也随之飘飞了起来。静静的沱江河水穿城而过，红色砂岩砌成的城墙伫立在岸边，南华山衬着古老的城楼。沿着老城区漫步游赏，古代城楼、明清古院，风采依然。凤凰古城历史悠久，据说城楼是清朝康熙年间修建的。小城之内充满了古色古香、古风古韵的景观，令人目不暇接。怪不得好友曾自豪地对我说，她的家乡就是一幅浓墨淡彩的中国山水画呢！

凤凰真美呀，美得犹如花容月貌的少女，亭亭玉立；凤凰真嫩呀，嫩得就如土家姑娘饱满如玉的脸蛋，一碰就能溢出一汪水来；凤凰真静呀，静得犹如古老朴实的沱江水，默默无闻地流淌着，不急不缓；凤凰真净呀，净得如碧绿的沱江水一样，清澈见底，孕育了爽朗善良的凤凰人。

一个地方之所以让人向往，景色秀丽固然重要，是历史赋予它厚重的文化底蕴才使其更受人偏爱。凤凰就是这样。

走进凤凰，犹如置身画中。蓝蓝的天，静静的水，朴实的人，足以让人驻足留恋。几位苗家姑娘悠然飘过，一身扎染服饰，头上包着青花布，恬淡的表情一如瓦蓝的天空中飘浮的洁白云朵。

具有浓郁土家族风韵的吊脚楼悬在江边，这让我想起了宋祖英那甜美的歌声：“小背篓晃悠悠，笑声中妈妈把我背下了吊脚楼……”一切都是那么朴实无华，让我们时刻感受着湘西文化的乡土气息。沈从文先生笔下的翠翠，她在哪里？不知是否仍守候在某个渡口，对人讲述着爷爷、黄狗和远走的二老。但我们仍能找到那茶峒清澈透明的小溪、古老的白塔、被夕阳染成桃红色的薄云、月光下象征爱情的虎耳草……

和好友兴致勃勃地观赏了凤凰古城，我深深地陶醉于东岭迎晖、奇峰挺秀、山寺晨钟、兰径樵歌等美景中，流连忘返，久久不肯离开。好友还带我品尝了凤凰小吃姜糖。姜糖是将姜搅碎制成的糖，甜中有一丝辣味，是祛寒驱潮的良品。凤凰人就是凤凰人，连糖都要带有辣味。没有坐享其成的幸福，只有通过风风雨雨的艰辛奋斗才能换来殷实的生活。

美哉，凤凰！

平遥气韵

应平遥文友的再三邀请，周末我们去了位于山西省中部的平遥古城。一下高速，“又见平遥”四个大字便映入眼帘。进入这座有两千七百多年悠久历史的古城，敬佩仰慕之情油然而生。脚踏平遥古城的街道，犹如置身于历史中，聆听着千年时光的悠然诉说，那保存完好的古城墙，那明清时代遗留的建筑，那曾经显赫的全国金融中心的地位，平遥的每一寸土地都让我们敬畏神往。

我们从西门一进入古城，就仿佛跨进了时间隧道的洞口，一下子便置身古代汉民族的城市建筑和文化氛围中。漫步平遥古城，时间仿佛是倒流的，城内是清一色的青砖灰瓦四合院群，每个院子沿中轴线由几套小院组成，其间多用短墙、垂拱门楼分隔，有分有合，浑然一体，不禁令人发问：“庭院深深深几许？”又有“曲径通幽处”之妙。

文友热情地介绍道，古城墙于周代时修建，先后修葺多次，使城墙坚固壮观。上有垛口三千个，敌楼七十二处，是根据孔夫子“弟子三千，贤人七十二”修筑的。平遥古城的交通脉络由四大街、八小街、七十二条巷构成，经纬交错，多而不乱，而且每个小巷的名字都很有特色。我陶醉其中，不能自拔，梦想在这小巷中永远地居住下去。

平遥古城历尽沧桑，几经变迁，城墙周长不过六千米，却承载了辉煌春秋，抒写了华丽篇章。幽深巷道里青石斑斑，朱红城门斑驳剥落，两眼水井荒枯干涸，灰秃的瓦砾，古城散发的浓厚气息扑面而来，震撼你的灵魂。

走进平遥古城，就如同走进一座大型历史博物馆。街市、票号、镖局、当铺、道观、庙宇、商会、县衙……明清时代的太师椅，精巧的木雕、砖雕和石雕，带花纹的茶壶，泛光的漆器，手制的工艺品等应有尽有，还有各种各样的特色小吃，我们仿佛窥见了当年的繁华昌盛，热闹非凡。

古老的街巷，古老的房屋，目之所及的每一个地方都有历史，都有典故。走到近南门时的一个城楼，文友兴致勃勃地跟我们说，电视剧《亮剑》中部分情节就是在此取景的。

看着，走着，平遥古城让人欲罢不能。

平遥的一切都是那么古朴而又真诚，一如文友那憨厚朴实的热情。体会平遥，品味那积淀浓厚的文化，品味那淳朴的古老民风，她是历经沧桑的乱世佳人，风风雨雨，宠辱不惊。她就那样静默着，用宽广和博大的胸怀温暖着过往的每一个人，不管岁月如何变迁，她的高贵与气韵都与城墙同在……

又见平遥，期待着再见平遥！

十里桃花香

周末，我和朋友去了山西省和顺县边界的山区，尽情饱览了“十里桃花香”的秀美景色。

阳春三月，尽管公路两边的垂柳已迫不及待地冒出鲜绿的嫩芽，但是绵延起伏的山上还裹着荒凉的枯草，好像不忍跟冬天告别似的，默默地守卫着冬天的残迹。但就在这荒凉的枯草中，一片一片的粉白色点缀其中，像一道亮丽的风景线，吸引了人们的眼球，远望像是给山披上了花衣裳，又酷似山的眼睛，亮晶晶地瞪着，闪闪地眨着，机灵透彻，俏皮地看着山下的游人们。

我们都被这俏皮而又热情的眼睛吸引了，兴致勃勃地往上爬，想要尽情地一饱桃花秀丽的姿色。走在山腰上举目仰望，一条粉红色的长飘带围在山间。桃花笑红了脸，姿态优雅地向我们招着手。我们加快脚步往上爬，爬过一个山头，下去转弯就步入了地势相对平坦的桃花大道。

路上全是红褐色的胶泥土和灰白色的碎石块。路的两边全是桃花，一边的桃花生长在高山上，另一边则生长在山沟边。高山上的桃花都依山而长，桃枝斜斜地伸展下来。桃花也都好奇地探出脑袋，竞相绽放，争着把花朵舒展到行人脸上。山沟一旁的桃花也不甘示弱，她们你追我赶地竞相绽放，生怕输了似的，拼了全身的力气把最娇艳的花朵献给观赏的游人，还煞费心思地用团团簇簇盛开的花枝遮住了旁边的山沟，为游人们提供了天然的屏障。虽然透过花枝依然能看到沟壑纵横的山谷，但是游人们行走起来就安全许多。桃花都争着比美，可她们都知道团结协作。她们没有孤芳自赏，而是凝心聚力，连成一片，汇成了花的海洋。这种气势也感染了游人，游人互帮互助，感受着集体的力量。

“人面桃花相映红。”两边的桃花交互辉映，横柯上蔽，头上是桃花，花下是行人，花为行人开，人在花中游。两边的桃花也起了劲儿地呼朋引伴，叽叽喳喳地闹个不停。这里，粉蕾娇娇，莹洁无瑕；那里，玉蕊楚楚，含露吐英。含苞的，羞答答；怒放的，亭亭玉立。走在桃花小道上，满目花色，清香四溢，沐浴着和暖的春风，呼吸着淡雅的香气，大家说说笑笑，沉醉在花香里。“无意苦争春，只把春来报。”桃花的盛开无疑给大山带来了春的生机。

桃花给了人们力量和勇气。大家在赞叹桃花之美的同时，更佩服它们的顽强毅力。生在石缝中，却开出美丽的花朵。这是怎样一种顽强的生命力？这是怎样一种不服输的精神？这是怎样一种耐得住寂寞的奋斗？不择地势，不择环境，任劳任怨，默默无闻，脚踏实地，坚实生长，不求付出，只求回报。她用最美的花朵来回报大山，回报游人，把最美的景色献给大家。

桃花之香，德美远扬；香飘四方，处处芬芳。

向桃花致敬。

享受沿途的风景

五一小长假期间，我们报名旅游团出去游玩。

真是黄金佳节呀，路上全是车。各式各样的私家小轿车和旅游大巴车在路上形成了密集的网络。车辆如梭，川流不息。可当车驶进转弯公路时，我们看到了前方排着一条长龙的车队。“不好，堵车了。”有人叫了起来。真的堵车了。我们乘坐的大巴车在减速缓行后停止。

“哎，真倒霉，好不容易出来玩一趟吧，还堵上车了！”

“就是，真扫兴，最烦的就是堵车了，把我们的时间都浪费了。”

大家怨声载道，都在为堵车发牢骚。我虽然没说什么，但心里也满是烦躁。

可就在这时，我邻座的女孩儿吸引了我的注意力。她二十多岁的样子，明眸皓齿，清纯秀丽。她满脸兴奋，出神地望着窗外，一副陶醉的样子。我甚是不解，便好奇地问道：“你在看什么？”

“看风景呀！”女孩儿莞尔一笑，轻松地说。车窗外除了山还是山，哪有什么风景呀。

女孩儿好像看出了我的疑惑，用手指着窗外，快乐地向我解释道：“你看那山峦，起起伏伏，连绵不断，气势磅礴，巍峨耸立，而且形状各异，千奇百怪。你看，那个多像一头大狮子，那个像一只乌龟，还有那两座山峰依偎在一起，好像一对情侣哟。”

女孩儿边说边发出清脆的笑声。“还有那蓝天白云，多美呀！你看，蔚蓝的天空中飘浮着朵朵白云，天真蓝，天空真干净。可见山里的空气多好、多新鲜呀！”女孩儿开心地说，闭上眼睛深吸了一口气。我深受感染，也吸了一口气，还别说，好清新呢。闭上眼睛，仿佛来到了天高云淡、山清水秀的小村庄。

好不容易才到达目的地，可天公好像在跟人们开玩笑，霎时，天空阴云密布，豆大的雨点噼里啪啦地落下来。游客们都急着避雨，慌作一团，抱怨声此起彼伏，哪还有心情看风景。可女孩儿却不慌不忙地走到景点服务中心买了一把伞，手擎花伞，漫步在路上，悠闲自得地欣赏着风景。

很多时候，我们只是一个步履匆匆的过客，为了到达目的地而急匆匆地行走。沿途有很多风景，可急躁的我们无心顾及，只一心盼望着能快些到达目的地。殊不知，由于内心不清静，到达目的地后，我们也未能尽情地欣赏风景。

其实，我们都应该像那个女孩儿一样，不只追求结果，重在享受过程。如此，不管发生什么，不管身在哪里，满眼看到的都是美丽的风景。

只要心情好，处处皆风景。

悠悠田园情

我从小没下过田地，现在却有了对土地的热爱，看到土地有一种亲近、温馨的感觉。可能是在繁杂的都市里，水泥建筑的高楼大厦缩小了人的居住空间和生活空间，因而对于土地的向往就更多了一些。一切“接地气”的事情都显得那么珍贵。比如买楼首选一楼带小院的，出门便是院子，在面积不大却干净整洁的小院中，精心策划空间，充分利用地皮，辟出一个菜园和花园来。菜园里分畦列亩，种上几种菜，像豆角、茄子、西红柿、黄瓜等，到了夏天，新鲜蔬菜结满菜园，随手摘一根黄瓜，脆甜可口，清冽甘爽，那股香甜浸润心里，让心田饱享着劳动果实的喜悦，那种感觉该是多么舒心惬意！再说花园，种上些花，花的名目齐全，种类繁多，可以由着自己的喜好选几种入眼的种上，那么春夏秋冬四季，就都可以饱览姹紫嫣红的美妙了！

可惜我现在住的是高楼层，我心中是多么渴望接地气的生活呀。现在别说一楼带小院的了，就是低层的楼房也难找呀！在居住密度越来越大，建筑楼层越来越高的时代，我心中极度渴望能过上农家小院的生活。

回到农村老家，看到家家户户都是一排大瓦房，再配上东西配房，有的还有南屋，中间裁出一个干净整洁的院子，两棵果树矗立其中把整个小院装点得生机盎然。间或有一小块菜园，佳蔬果菜，罗列其中，好不诱人！

我心中不免感慨，多少农村人想要在城市里生活，但是城市里的人却向往农村。难道这也是围城，外面的人想进来，里面的人想出去？

我在十六岁之前，一直生活在农家小院。可能现在住楼的缘故，心中是羡煞了那种小院生活。出屋便是院，出院便是街，一脚迈出门槛，头顶蓝天白云，脚踏殷实土地，随时都处于大自然的怀抱之中，这是何等的敞亮呀！我在小时候过的就是这样的生活，可那时，没觉得生活有多好，反而被大人灌输了这种观念：好好学习吧，将来考上好大学找个好工作，去城市上班，住上高楼大厦，不要在农村过这种贫苦的生活了！那时，在大人的眼里，在城市生活是莫大的福分，如果谁家的孩子立身于城市了，则“光于前，裕于后”呢。所以，我刻苦学习，努力奋斗。我是大人眼中的乖孩子。我按照他们的期望，考上了理想的大学，干上了体面的工作，在城市里也有了立足之地，也住上了高楼大厦，可是我幸福吗？我怎么就没感觉到他们所说的那种幸福呢？

我每天忙忙碌碌，置身于繁杂的事务当中，常常忙得晕头转向。哪有全家围坐在一起吃饭的欢笑？哪有坐在门前赏花看月的闲情？哪有坐在窗前静看云卷云舒的逸致？甚至连吃上一顿丰盛的饭菜都是奢望。充满快餐食品的胃对米粥饭汤有着多么强烈的渴望！哪怕是家常便饭，也是极好的，对于我来说也是极奢侈的。回想以前，每顿饭母亲都会熬上一锅粥，一天三顿不重样，一般是早晨玉米粥，中午大米粥，晚上小米粥，做饭前，随手到菜畦里摘上几根豆角，几个茄子，几根黄瓜，炒上一道简单的菜，就着馒头吃菜喝粥的感觉是多么幸福呀！

时光的细流在身边悄然划过，荡漾起的流波里斗转星移，日月轮回。回首往事，依然美丽，展望未来，岁月静好。

回归大自然，拥抱大自然，寻回内心深处的独自芬芳，保持那份纤尘不染的绝美姿态，在繁杂的世界里独守那份安宁和静谧，在悠悠田园中尽享唐诗宋词的韵致与优雅。

心系田园，悠然自得。南山之见，相会梦中。

加拿大人的邻里情

上个月我因工作原因去加拿大考察学习，在安大略省的西部斯特拉特福镇住了下来。这是一个山清水秀、风景优美的地方。景美人更美，这里的人们都友好善良，热情好客。邻居索菲亚是一位五十多岁、碧眼金发的阿姨。她很热心，对我关怀备至，照顾有加。索菲亚每次见了我都主动打招呼，还经常找我聊天，而且还时不时地给我送来一些新鲜的水果。

那天我肩背大旅行包，步行游玩了好几个地方，当我下午气喘吁吁地走到家门口时，已经又渴又饿又累。索菲亚走了过来，她看到我疲惫不堪的样子，便热情地邀请我去她家喝茶。我知道她是一个很有诚意的人，而且做事不达目的不罢休，盛情难却，我便去了索菲亚家。索菲亚为我端来了热茶，还拿来了几片面包。之后，索菲亚又为我端来了味道鲜美的火鸡汤。我和索菲亚边喝边聊。我说这里的人都很热情善良，邻里之间关系都特别好。索菲亚听到后眼里绽放出兴奋的光芒。她笑着说，这是很正常的，邻里之间就该相互帮忙，相互照应。

索菲亚告诉我，如果她要出远门，她会直接把钥匙交给邻居。邻居会帮她看门，还可以随时到她家来看看，还会帮她打扫庭院，甚至帮她修剪草坪。她还说，邻居还会偶尔使用她家里的电器。比如，电视呀，冰箱呀，以防电器长时间不用而受潮。她不在的日子里，邻居就是家里的主人。当然，如果邻居有需要，索菲亚也会全力以赴去帮忙。这时，索菲亚跑到另外一个房间里拿出两把钥匙，说这是两个邻居留下的，他们去度假了，要索菲亚帮他们照看家门。索菲亚耸耸肩，一摆手，笑着说，一会儿还要去他们两家查看下情况。

“你不觉得累吗？”我问道。索菲亚说：“有人请你帮忙，这是人家信任你呀。再说能为别人做事也是一种享受呀！”

在加拿大的短短一个月时间里，我一直被这种浓浓的邻里情包围着，心中时刻充溢着温暖和感动。

别样圣诞情

我正在批改学生作业，办公室电话响起，是传达室刘大爷打来的，说有我两个大包裹。我取来包裹，打开来看。一个包裹里是一棵挂有很多精美饰品的圣诞树，另一个包裹里装满了圣诞礼品，有圣诞卡、圣诞帽，还有圣诞袜等。同事们都围过来欣赏，赞不绝口。我的内心深深一颤，霎时泪湿眼眶。我亲爱的艾丽斯，我只不过那么随口一说，你怎么还当起真来了？

艾丽斯是来自加拿大的一个女孩儿。今年暑假我去北京游玩，租住在清华大学附近一所三室二厅的房子里。房子通透明亮，干净整洁，一切都布置得井然有序，让人感觉很舒服。在这里我认识了艾丽斯。

她在北京语言大学学习汉语，由于学校的宿舍已住满，所以她也租住在这里。我跟艾丽斯成了好朋友。

艾丽斯刚开始学汉语，对汉语还很陌生，所以我们大部分时间都是用英语交流。艾丽斯提出让我教她学汉语，我爽快地答应了。艾丽斯学习很用功，每天晚上睡觉前都要拿起课本练习汉语发音，练习读汉字，练习说句子。我在旁边做她的听众，时刻纠正她的一些滑稽的读音。

艾丽斯说汉语太复杂了，把她搞得头昏脑涨，分不清东西南北。我耐心地跟她解释着，纠正着，告诉她正确的读音以及发音方法，她学得很认真。在我们相处的半个月时间里，艾丽斯学会了好多汉语。我伸出大拇指为她点赞，她的笑容灿烂得如一朵花。

我在教她汉语的同时，她也教了我不少英语，我们相互学习，在一起度过了很快乐的时光。我们谈天说地，谈论着各自国家的文化习惯和风俗民情。当谈到国家的重大节日时，我给她津津有味地讲述了我们的春节；她则饶有兴致地给我讲了她们的圣诞节。我说我们的英语课本上就有圣诞节的内容，我也带着孩子们庆祝这个节日，可孩子们不能感同身受，总是进入不了状态。艾丽斯大眼一瞪，手一挥，豪爽地说："No problem， I will help you.[①]"当时我以为她只是随意一说，也没在意，可没想到圣诞临近，她还真的践行诺言了。

我发微信感谢她。她回复：不要客气，那只是小菜一碟，真正的大戏在后头呢。随后她给我传来了几段视频，是她和她的同学们特意为我和我的学生们送来的祝福，还有她们自编自演的小品。艾丽斯还神秘地告诉我，到圣诞节那天，她还会把她和同学们过圣诞的盛况，现场直播给我们看。我把这消息告诉孩子们，教室里欢呼雀跃，一片沸腾……

我和孩子们把艾丽斯邮寄来的圣诞礼品精心地布置到教室，浓厚的

① 没问题，我会帮助你的。

圣诞气氛立刻弥漫开来。想象着节日那天，看到艾丽斯她们的现场直播，我激动得眼泪都出来了。

当然，作为回报，在我们中国的春节到来之际，我也会给艾丽斯送上一份别样礼物！

大山的板栗

周末，我和好友去大山里游玩。当大巴车行驶在盘山公路上时，好友指着路边一片片的绿色树木兴奋地说："看，那是栗子树。"我便仔细望去，发现绿油油的叶子中间顶着一些绿色的球球，好友说那就是板栗，里面藏着我们平时吃的栗子。她还告诉我现在正好是收板栗的季节。我便对板栗树产生了好奇，一路上盯着板栗树看。我发现这些板栗果实是带刺的，如仙人掌的那种尖刺，那人们怎么摘板栗，又怎么把板栗剥开呢？

我问好友，好友也一知半解，连蒙带猜地说，板栗果实一掉在地上就直接裂开口了，然后把栗子取出来就行了。我有些疑惑。路上遇见骑着电动三轮的人家，男的开着车，女的坐在旁边，全副武装，手里还扶着一个长竹竿，三轮车里还放着一些其他的工具。好友说这肯定是去收栗子的。我们在路上还看到好些板栗树都是种在半山坡，栗子掉下来，捡栗子还是个麻烦事呢！带着种种疑问我们来到了大山里。

在欣赏大山优美的自然景色的同时，我们发现板栗树就在我们身边的山坡上。于是我和好友一拍即合，顺着山坡就爬了上去，我们想看看板栗到底是什么样子的。费了九牛二虎之力，我们气喘吁吁地终于爬到了山坡上，来到板栗树跟前。

硕大的绿色枝杈上结满了绿色的板栗果实。这些果实上全是刺，我把手挨近了板栗果实，刚一触到便猛得缩了回来。刺是尖尖的，硬硬的，扎得手好疼呢！这越发引起我的好奇心，山里人是怎么摘板栗的呢？

在上山的半路上遇到了一家卖板栗的。我们像发现了新大陆，直接冲了过去。只见地上散放着一大堆板栗果实，旁边的塑料袋子里放着刚剥好的棕红色的栗子。阿姨说这是刚刚打的栗子，新鲜着呢。路过的人都抢着买，阿姨和大叔忙得不亦乐乎。我疑惑的问题终于找到了解决的专家，于是便一股脑地把问题倒给阿姨。阿姨非常热情地跟我说，打栗子是一件非常麻烦的事情，他们用长竹竿去敲板栗，然后再用一种长夹子把板栗夹起来放到袋子里，把板栗果实运回家后，放在太阳底下晒，裂开的便戴着手套把栗子剥开。

阿姨看我们对板栗果实很感兴趣，便说我们可以带两个回去。于是我便去板栗堆里拿栗子。可怎么把板栗拿起来成了个问题。阿姨告诉我用卫生纸包一下。可我根本就没法下手。大叔见状，用卫生纸一包，一把就把板栗果实抓了起来，递给我。他黑红色的脸上露出憨憨的笑容。我很是感动。

从大山里回到家后，我把两个绿色的板栗果实放到向阳的卧室里，几天后，板栗果实已经变成枯草色，一头已经开裂成四条纹，但还是看不到里面的栗子，尽管我戴了手套去剥，但板栗球还是如刺猬般扎得我无从下手，根本无法剥开。

好吃的栗子，外面却包裹了一层厚厚的尖尖的刺，我们吃着好吃的栗子，却不知道它里面蕴含着大山人民的多少劳累和艰辛。再看到栗子，我眼前便浮现出大叔那黑红色的脸和憨憨的笑容……

辑三／锦瑟流年里的唯美与清欢

不管朝来暮落如何匆匆，始终不急不躁，从从容容，静观尘岁，莲心不染，时时收获时光赠予的惊喜和美好。

追随冬日暖阳

从北京回到河北，老家一直没有好天气，几天来一直烟雾弥漫，好像要与北京的雾霾比赛谁更厉害似的。不过还好，听说北京已发起雾霾红色预警，老家还没有达到这样的程度。也许是应了那句谚语：“久阴大雾必晴。”今天，久违的太阳终于露出了温和的笑脸，高高地挂在天空，像一位优雅的女士，端庄得体地俯视着大地，慷慨地送去温暖和明朗。

飘窗里射进两三方斜斜的阳光，阳光丝丝缕缕，如跳跃的火焰在卧室里欢歌载舞。我也来了兴致，捧起一本书，趴到床上，沐浴着暖暖的阳光，潜心读了起来。这么好的阳光，我唯有读书去享受，别的什么都不敢去做，生怕一不留神，它就从我身边逃走了。可是正如朱自清所说：“太阳他有脚呀，轻轻悄悄地挪移了。”不知不觉中，太阳已从卧室穿越到了客厅。我又赶紧跑到客厅，在客厅的西飘窗接受阳光的恩赐。我坐在飘窗下的沙发上，迎接着阳光的温暖，捧着洒在书上的阳光，读着被阳光浸润过的文字，心也随之温润起来。

我喜欢阳光，宁愿追着阳光跑。我还记得学生时代在农家小院里，冬日的暖阳下，搬一把小凳子，坐在房檐底下陪着母亲做活。母亲总是在不停地忙碌，不是晾晒东西就是缝补衣服，她的那双手没有闲过。我偶尔听母亲的指令做些简单的搭手活。暖暖的阳光下，我快乐地看着母亲穿针走线，听母亲说着家长里短的事情，那种感觉美妙极了。太阳在移动，我们也在移动，母亲一会儿就提醒我一次："妮儿，跟着太阳走，把凳子搬到太阳光下。"就像舞台上方的镁光灯时刻照耀着台上的演员，我们也时刻在太阳底下晒暖。

阳光是有味道的，散发着一种清新的、纯朴的气息，又裹挟着芬芳浓郁的甘甜味道，芳香四溢，飘到各个角落，浸润每一个生灵，暖暖的，柔柔的，像母亲的手抚摸着你，让你觉得心里踏实、温暖。

冬日的暖阳总是那么弥足珍贵，总是那么惹人爱怜。我的文友在朋友圈里发了一张照片：暖阳下，飘窗上。照片中是一个简单而优雅的木质小方桌，上面摆放着毛绒小熊、茶杯和一本书。飘窗上有可供人盘坐的毛绒坐垫和一些可爱的毛绒玩具，洋溢着青春活泼的气息。小小的飘窗却成了文友温馨快乐的心灵家园，可以想见文友在温暖的阳光下倚窗阅读是何等舒畅和惬意！

我的卧室也有一个飘窗，却没有好好地利用起来，只摆了几盆花草。天气预报说明天还是艳阳天，我想借此机会把飘窗利用起来。于是，我利用太阳下山后的时间完成了一次书房大搬家。我把书桌推到靠近飘窗的地方。一切刚刚好呢，坐在床上，趴在书桌上，翻开一本书，再沐浴着阳光……我简直陶醉了。

只要心里有暖阳，生活处处是阳光。

骑着自行车去拜年

过年期间，大家都是开着车来拜年，老家的大街小巷停满了车。车一辆挨一辆的，把家门口赌了个严严实实，只能容一个人侧身挤过去。车排成了长队，人也排成了长队，这拨儿还没拜完，下拨儿已等在门外，还有一拨儿没有下脚的地儿，只好等在车里。

几个小伙子骑着自行车悠然驶来。“路上到处都是车，根本就走不动，我们干脆把车放在一边，骑上自行车过来吧。这样见缝插针，倒是比车跑得还快。”听了他们的解释，大家都笑着说：“真是明智的选择，我们刚刚还在商量着以后都不开车了，都骑自行车呢。”这让我想起上次回老家时，路上车水马龙，交通堵塞，我们的车每隔十分钟才能往前挪一步，那种等待的煎熬实在让人太郁闷。

如今出门都是开车，自行车早已被遗忘在车库的角落，布满灰尘。儿时，周末的闲暇时间，我约上三五好友，骑上自行车在野外游玩，又唱又笑，又说又闹，一路上撒下了我们的欢歌笑语。骑自行车的青春时代给我们留下了美好的回忆。

就是，何不骑上自行车去拜年？刚刚还为如何开车驶出这无边无际的车流而发愁的我们会意一笑，立刻骑上自行车出发。我们铆足了劲儿，蹬猛车轮，唱着笑着，一如那放飞的小鸟，快乐自由地飞翔着。碧空如洗，白云悠悠。冬日难得的艳阳一路照耀着我们，撒下暖暖的柔柔的光线，就如母亲的手抚摸着你，给你增添无限力量。道路两旁是整齐的树木，虽然干枯光秃，没有了夏日的葳蕤葱茏，但却不乏另一种雄壮健硕的骨感美，犹如一个个勤劳的士兵在站岗，在向你敬礼，护送着你回家。我的心情倏然间便好了起来。我有多久没有欣赏路边的风景了？整日生活在钢筋水泥之中，过着忙忙碌碌的生活，繁重的工作压得我们喘不过气来，哪有心情去放松？放眼四野是一望无际的田地，此刻的心情很是舒畅，突然很期盼那种“采菊东篱下，悠然见南山”的生活。

我们边说边笑边骑。骑累了便停下来，稍作歇息，大口大口地呼吸着新鲜的空气。就在这样边骑边玩的旅途中，拜年的目的地也越来越近。

我把骑自行车去拜年的视频发到朋友圈，即刻迎来一片点赞。大家纷纷点赞说：骑着自行车去拜年，既锻炼身体又环保，还可以尽情地欣赏沿途的风景。

骑着自行车去拜年，真好！

画里青春

“流光容易把人抛，红了樱桃，绿了芭蕉。”画中女子颔首微笑，羞色满面，欲语还休，眼波流转，樱桃粉面，裙裾飘逸，落于满园绿色之间。画纸已发黄发暗，透着历史的斑驳痕迹。这是我青春时期画的第一幅国画仕女图。

光阴荏苒，转眼二十载。那时我在师范院校就读，美术课上李老师教我们画国画：铺开宣纸，先临摹老师的画，勾勒大致的轮廓。我一直以为画画就跟玩似的很容易，可没想到一个看似很简单的线条画了好多次还是画不好，于是我就急躁地敷衍了事，接着画其他部分。可李老师不知何时已站在我跟前，用手指着我那条画得不好的线条，笑眯眯地看着我。他虽然什么也没说，可我却感到他眼神里闪烁着容不得任何污点的光芒。李老师和蔼又耐心地告诉我线条的画法，并语重心长地说：“画画一定要认真细心，不可草率，你们现在刚学画画，我对你们也没有太高的要求。画家们作画都是要细细雕琢、精益求精的。”李老师的话如醍醐灌顶，让我明白了不管做什么事情，都要用心去做，耐心去做。画画是一个用心付出的过程，来不得半点儿心急，修身养性则在此已。

我调整姿态，用心去画。画好轮廓就到了上颜料的环节，要先在水粉盒里配上颜料，然后再涂画到轮廓空白处。给画涂色更是一个细心的环节，不能快也不能慢，而且涂色需要罩染，一层一层地涂，要匀速前行，犹如练太极的人，一招一式都要运筹帷幄，运好气力。掌握好节奏后，我觉得涂色也是一种享受。你看，我们首先是一位调剂师，美丽的颜料在等着我们配制，两种不同的颜色搅拌到一起就制成了一种新的颜色，它们像美丽的小精灵，在我们的魔幻法术下变来变去。其次，我们还是一个雕刻匠。我们把调好的颜色均匀地涂抹到画纸上，犹如雕刻匠在打磨一件器具，东敲敲、西磨磨、上雕雕、下刻刻。最后，我们就是一个鉴赏家了，欣赏把玩着已成型的作品，摇头晃脑，评头论足。

我的这幅处女作虽然只得了一个甲下的成绩，但画画的过程于我来说却是一次嬗变，我从一个疯跑野玩的丫头变成了一个恬静稳重的少女。画画教会了我用心做事。我于画画中磨炼了意志，陶冶了性情，提升了素质，修养了气质。

画里时光，青春荡漾；画中情景，意韵绵长。

电影流年

晚饭后我出去散步，看见小区门口零散地站着不少人。走近一瞧，原来是电信宽带在做宣传，用多媒体屏幕放起了电影。观众大都是小区旁边开门店超市的人以及一些小孩子，还有散步遛弯的过路人。我九岁的儿子和几个跟他年龄相仿的男孩子，坐在笔记本电脑前，抬头看着前方的屏幕，笑得前仰后合。不论大人孩子，所有观众的眼睛都盯着屏幕，目不转睛，聚精会神，人群里不时爆发出笑声。

此情此景让我非常感慨。在科技高速发展、网络畅通便捷的今天，足不出户，在电脑上就可以观赏古今中外的所有电影。如今在外看露天电影，又唤起了我儿时的难忘记忆。

那时，家家户户基本上都有电视了，但大多数都是黑白的。谁家电视是彩色的，就会吸引很多人去看。而最让人高兴的事，就是村里放电影。早早地，暮色还没降临，大银幕前方圆百米的地上都已摆满了小板凳、小椅子。电影开始放映的时候，我看到脑瓜挨脑瓜，一片黑压压的人头。电影内容我已记不太清楚了，只记得人群里的笑声。那笑声是有感染力的，使一些正在吃奶的小孩子砰地一下从妈妈怀里仰起身来，凝神细听，然后也跟着傻笑。上了年纪的爷爷奶奶们尽管眼神和耳朵都不好使，可也跟着凑热闹，不时地发出开心的笑声。整个人群都汇入了欢乐的海洋。

放电影是村里的一大盛事。一般情况下是没有电影看的，除非是村里有任务了，或是为了庆祝某项工作的圆满完成，或是村里有钱的人家为了庆祝喜事，如结婚、老人过寿、喜添贵子、考上大学，等等。不管是哪种形式的，都会挤满了人观看。我印象最深刻的是冬天看电影。冰天雪地，寒风刺骨，可看电影的人依然不见减少。我至今还记得母亲曾阻拦我说：“外面那么冷，别出去看了。在家看电视，不一样吗？让你看最喜欢的节目，怎么样？”可我还是一溜烟地跑了出去，挤进黑压压的人群，虽然冻得直打哆嗦，可依然看得津津有味。

那时放电影很麻烦。有专门的放映工作人员，开着大卡车过来，提前准备好场地，又是卸机器、架机器、安装机器，又是悬挂大银幕。具体环节我不太懂，但是感觉很费事、很麻烦。现在的放映太简单了。放一个笔记本电脑，旁边一把小椅子上放着投影仪，对面挂一个大银幕，这就可以了。

阵阵笑声把我从回忆中拉了回来。看露天电影别有一番滋味和情怀，儿时看电影已成为我心中抹不去的记忆和怀念。

又是一年枣儿红

同事带来一些红枣分给我们吃，说这是老家刚打的枣，又红又甜，让我们尝尝鲜。我拿起一颗枣放进嘴里，确实很甜，又脆又香又甜。我突然间警觉，现在已是中秋时节，正是枣丰收的季节。可是我整日生活在钢筋水泥浇筑的围城里，早已忽略了外面的四时变化，不知今日是何时。同事带来的大红枣又唤起了我内心深处那抹温暖的记忆。

小时候，我们家里种着一棵枣树。枣树粗粗的树干，繁茂的枝叶，夏天时为我们撑起一片浓荫。我和几个小伙伴在树下追逐玩耍，笑声撒遍枣树下的每一个角落。下过雨后，小而精致的枣叶绿得油光发亮，晶莹的水珠滚落下来，在雨中欢快地歌唱。枣树结了枣子后，我们就天天盼着枣长大，看着枣一天天由青变红，由小变大，我们的心里乐开了花。进入秋天，枣树上已挂满了红红的枣子，如满天的星火点燃着我们心中的希望。我们早已等不及要去摘树上的枣子了，母亲说择个好日子去打枣。等到了中秋节的前几天，母亲在枣树下铺上了一张大大的塑料布，然后准备了一根长树竿。据说不能用竹竿打枣，如果用竹竿打的话，枣树第二年就不会再结枣子了。父亲一竿子打下去，满树的枣便哗啦哗啦地如下雨般呼啸而下。小孩子们在旁边跟着欢呼，拍手叫好。几竿子下去，地上已满是红色的枣子，希望的土地上开满了红色的花朵。母亲和父亲把掉落在塑料布上的枣子打包，兜起来，然后吩咐我们几个小孩子把散落在其他地方的枣子捡起来。

我们几个便争先恐后地去捡拾地上的枣子，我们把枣子装满了盆子和篮子，然后拍拍身上的尘土，挑上几颗又大又红的枣子，轻松地跳起来，在水盆里冲了几下，便放在嘴里享受起来。那个甜，那个香，那个脆，至今让我难以忘怀。

那时几乎家家户户都有枣树。打完枣后，我们小孩子的衣兜里都揣着枣，互相品尝枣，也成了我们之间的一大乐事。你尝尝我的，我尝尝你的，互相比着看谁家的枣好吃。除了比好吃，还比大小，小胖兜里的枣最小，小胖急哭了，不服气地跑回家，把家里的大枣捡了些来，跟我们比，直到我们说他的枣不小了，他才破涕为笑。

物换星移，时光荏苒，如今住到小区里，别说打枣了，就是枣树也很少见了。但打枣趣事已成为我的美好回忆，装点着我的素锦流年。

墨香春联情

盼望着，盼望着，雪花来了，新年的脚步近了。一切都是焕然一新的样子，姿态优雅，整装待发。新年到处都张灯结彩，喜气洋洋。最引人注目的是各家门口张贴的一副副春联，烫金的大红纸上写着醒目的金色字或黑色字，间或配有漂亮的图案，字与图相映成趣，把门口装扮得气派威武。我的记忆深处清晰地闪现出手写春联的情景，那更是别有一番趣味。

腊月过半，村里的张爷爷家便喧闹起来，前来写春联的人络绎不绝，把张爷爷家巴掌大的院子挤得满满的，真是门庭若市，热闹非凡。当然了，还有一帮小屁孩儿和我们这些寒假归家的学子们也跟着凑热闹。

我记得那天阳光独好，暖意融融。春姑娘好像已经等不及了似的，想赶紧把严寒的冬大哥赶跑。张爷爷索性把桌子搬到院子里，摆上笔墨纸砚。

“张群儿，你的春联写什么？”

“一年四季春常在，万紫千红花永开。”

只见张大爷手执毛笔，手略一顿，一副气宇轩昂、刚劲有力、龙飞凤舞的春联就呈现在红纸上了。墨迹未干的毛笔字飘逸洒脱，活灵活现。

“真好看呐！”众人啧啧赞叹。

“张六，你的呢？”

只见张六抓耳挠腮，不好意思地笑着说：“爷爷，你也知道，我肚子里那点儿墨水早就饭菜吃了，哪还知道什么春联呀！您老就看着写吧。”

张爷爷略一沉思，大笔一挥，一副苍劲有力、雄厚气派的春联就写出来了。就这样一个人接一个人，张爷爷的春联写了一副又一副。

虽然张爷爷要求大家自备春联内容，可村里的大多数人都没怎么上过学，脑里没货，肚里没墨，于是就把春联写什么完全交给了张爷爷。张爷爷也很尽心，认真地搜集了几十条春联内容，可全村二百多户人家，这哪够用呀。大家又不愿用相同的内容，于是搜集更多的春联内容便成了张爷爷的当务之急。

张爷爷摇头晃脑地读着桌子上的春联，不经意地略一转头，透过鼻子上的厚眼镜片看到了我。“就你了，小丫头。爷爷交给你一个任务，你回家去给我搜集春联，把你们上学学过的，还有你知道的春联，都给我找到，写到一个本子上拿过来。”面对着爷爷突然下达的命令，我还没回过神来，张爷爷已笑着冲我摆手说：“去吧，去吧。春联内容不够用了，大家都还等着呢。另外，拿着这个，别搜集重了。”说着，张爷爷把一张写满春联的纸塞到我的手里。

我拔腿就往家里跑。到了家，我气喘吁吁地翻开书本就找。我翻遍了所有的书、资料还有我的笔记本，最后整理出了一百多副春联。张爷爷看着我写的春联，和蔼可亲地摸着我的头，慈祥地说：“后生可畏呀，后生可畏呀！”人群里立即爆发出热烈的掌声。

“这个丫头是好样的。”

“嗯，以后肯定能成事。”

听着大家的赞誉，我心里乐开了花。我品尝到了快乐，为人民服务的快乐。

回到学校后，我对一向不感冒的书法课重视了起来，学习态度有了一百八十度的大转弯。连书法老师都瞪着好奇的大眼睛看我，仿佛在问：“这个丫头，哪来的这股劲呢？”我苦练三笔字，尤其是毛笔字，我练得如痴如醉，一张又一张，一天又一天，一年又一年。终于又到了新年。大家依然在张爷爷家的院子里排着队。在张爷爷休息的当儿，我拿起毛笔，一挥而就。全场的人都惊呆了，赞叹叫好声不绝于耳。张爷爷高兴地说：“后继有人了，后继有人了！”

后来的六七年中，每个新年的春联都是由我和张爷爷共同创作的。时光荏苒，转眼十几载春秋。在日新月异、科技突飞猛进的今天，人们的物质生活水平不断提高，手写春联也已成为稀有之物，然而那散着浓浓墨香的情韵却永远温暖滋润着大家的心怀。

烛光流年

夜幕降临，一片漆黑。今天全城维修电路，停电一天。往日灯红酒绿、熙攘喧嚣的街道顿时陷入一片寂静。回家的路上偶见几个商店里闪烁着微弱的灯光，我细瞧了瞧，那不是蜡烛吗？恍惚间，多年前的记忆又在眼前拉开帷幕。

小时候的夜晚似乎是没有灯光的。那时，晚上一般没有电，只有逢年过节的时候电灯才会亮起来。我们一到晚上就会点起蜡烛。那时的蜡烛是白色的，体型修长健美，婀娜多姿，一张厚厚的牛皮纸里包裹着五到十根蜡烛，价钱也不贵，应该是一毛钱一根。

蜡烛还是我们随身携带的学习用具。那时我们晚上上夜校，学校没有电，我们就每个人揣了一根蜡烛去上学。到了学校，我们做的第一件事便是点上蜡烛。家庭条件好点儿的同学从家里带来了蜡墩，那是一种专门放蜡的铁墩，蜡放上去不倒。我们没有蜡墩的孩子们就开始往桌子上滴蜡油，趁着蜡油的热劲儿赶快固定蜡烛。但常常有同学掌握不好，拿起蜡烛底部往上粘的时候，蜡油都已经凝固了，于是又重新滴蜡油，滴了又粘，粘了又滴，最后滴在桌子上的蜡油都已经高高耸立成一个小山了。这时调皮的孩子会拿起燃烧着的蜡烛头在小山的顶端烤起来，不一会儿，小山的顶端就出现了一个凹陷的盆地，这时他们便会以迅雷不及掩耳之势，啪的一下，将蜡烛底部紧紧地坐在盆地之上，就这样，蜡烛总算占有了一席之地，在自己的领土上扬眉吐气了。

最快乐的时候是课间，我们充分利用这段时间来展示才艺。我们把一个硬币放到白纸下，用熄灭的蜡烛在纸上涂抹覆盖硬币的部分，直到把蜡油涂均匀，然后再用蜡烛烘烤涂了蜡油的地方，瞬间，一个硬币的图案就出现了。我们比赛看谁的硬币图案清楚，看谁在相同的时间内烤出的硬币图案多。我们把这些烤成形的“硬币”剪下来，作为零花钱积攒下来，在同学之间进行买卖交易。有时我们也把这些“硬币”交给老师。老师会把“硬币”用作奖品，奖励我们在学习比赛或体育比赛中获胜的同学。得奖的同学会自豪地说：“我得了八毛钱的大奖。”然后他拿着这八个蜡烛纸硬币又可以去买我们大家手里的东西。

时光荏苒，东流逝水。儿时的烛光已如黄鹤一去不复返，可那蜡光里的趣事却永远镌刻心中，不负流年。

追赶太阳的女孩儿

她是一名中学教师。她是“80后”行列中的一员。二十多年前，她正上初二，每天雷打不动五点半起床，迎着朝霞朗读背诵，看着太阳缓缓地从东方升起，一种豪迈之情油然而生。她带着太阳的光辉走进教室，一种坚定的信念让她认真用心地上好每一节课。她在知识的海洋中尽情地畅游，享受如鱼得水般的快乐。傍晚，她乘着太阳的余晖，在树影婆娑的大树底下，上背天文，下背地理，所学科目，无所不晓。现在她还依稀记得，抬头是苍天古树，远处是茫茫天际，当时她的脑海中还浮现出“野旷天低树，江清月近人”的诗句。晚上放学回来，家里没有电，村人们在街口三五成群地闲坐着拉家常。她就借着皎洁的月光，背诵当天所学的知识。

学习对于她来说就是一种渴求。没有人要求她，没有人强迫她。但她那时心中就有一个坚定的信念：与时间赛跑，追赶太阳。林清玄的

《和时间赛跑》这篇文章中说道："时间过得飞快，使他的小心眼里不只是着急，还有悲伤。"有一天她放学回家，看到太阳快落山了，就下定决心："我要比太阳更快地回家。"她狂奔回去，站在庭院里喘气的时候，看到太阳还露着半边脸，她高兴地跳起来。那一天她跑赢了太阳。以后她常做这样的游戏，有时和太阳赛跑，有时和西北风比赛，有时一个暑假的作业，她十天就做完了。那时三年级的她常把五年级哥哥的作业拿来做。每一次比赛胜过时间，她就快乐得不知道怎么形容。后来的二十年里，她因此受益无穷。

现在她还是一个追赶太阳的女孩儿。每天早晨，她要到操场上看学生们上操。天空晴朗，阳光明媚。看东方，耀眼的光芒晃得人睁不开眼。操场东边站着几颗高大挺拔的钻天杨，光线透过如擎天大伞似的繁茂枝叶，斑斑驳驳地飘洒下来。这时候，她便会向着太阳走去！

追赶太阳的女孩儿，有的是信念和力量，因为她的心中永远是一片光亮、一片圣洁、一片通透、一片希望！她会永远与时间赛跑，去圆心中的那个美好的梦。

骑单车的学生时代

我们骑着自行车，吹着口哨，唱着歌，撒下了一路的欢歌笑语。看着照片中英姿飒爽、意气风发地骑着自行车的我，我的记忆又回到了那个在自行车上飞扬的青春年代。

那时家里不富裕，我的梦想是拥有一辆自行车。其实家里已经有两辆自行车了，但爸爸上班要骑一辆，两个姐姐上学共用一辆，没有我的份儿。我的小学离家近，跑着去就行。两个姐姐的学校离家有几十里地远，她们相互带着去上学。我特别渴望能骑自行车，但是我只能趁他们都不骑的那一小会儿工夫，赶紧遛会儿自行车，过把“昙花一现”的瘾。

我考上初中后的一天，爸爸推着一辆半新的浅蓝色的二六式自行车回来了，说是送给我的礼物。因为我是我们村唯一考上县里重点中学的学生。我乐得一蹦三尺高，终于有了自己的自行车。

从此自行车就成了我行影不离的伙伴。上学和放学的路上都留下了我骑自行车的身影。周末骑上自行车和好友外出游玩，是我们的一大快事。我们边骑边唱，和煦的春风吹拂着我们，满眼的春色诱惑着我们，我们脚下生风，猛蹬自行车，去拥抱惹人怜爱的大自然。后来我在一所离家有五十多里远的学校上高中。因为坐车不方便，我就骑自行车去上学。一路上有三五个同学做伴，我们都骑着自行车边说边笑，半百里地的路程也就在自行车高速飞转的车轮中悄然走完。在学校住上十二天后的周末，我们又骑着自行车踏上回家的征程。又是一路欢歌笑语，一路脚下生风，我们铆足了劲往前蹬，尽管有的伙伴已是满脸通红，但我们谁也不肯歇息一会儿。就这样一鼓作气，勇往直前，“长风破浪会有时，直挂云帆济沧海”，我们扬帆远航，家就在不远的前方。

回到家后我也顾不得休息，马上端来一盆清水，开始擦洗自行车。自行车被我擦洗得油光锃亮，就好像一位穿着不时尚但却很整洁的农家妇女，闪着光芒。给自行车洗完澡后，我就让爸爸修理自行车。所谓修理，其实也就是紧紧车圈，调调车闸，抹抹机油，这里敲敲那里打打，如此这般，自行车便如一个玲珑少女，更加容光焕发了。

第二天返校的路上，我又骑上心爱的自行车。我们边骑边唱，比赛谁骑得快。乡间的小路上，三五辆自行车，你追我赶，没有一个愿意落在后面。说来也怪，现在即使骑最好的赛车、山地车，估计都骑不出那样的水平，甚至我那辆自行车还是半新的。现在每每忆起，不仅感慨，如若再让我骑那辆自行车，我还能骑出那样朝气蓬勃的感觉来吗？

后来，我考上省城的大学，自行车也就下岗了。“自行车为我们小燕卖了很大的力气，也该好好休息一下了。”爸爸打趣道。可我第一个假期返校时就把自行车带走了。因为在学校出个门就要坐公交，又挤又慢。带了自行车去学校，真是方便极了。周末时间我转遍了省城的大街小巷，每个角落都留下了我与自行车的身影。

毕业工作，转眼十几载。现在出门都是开车，连电动车都很少骑，更别说骑自行车了。当年的那辆自行车也早已不复存在，唯有我与自行车的照片还静静地躺在那里，印证着葱茏足迹，凝聚着岁月流年，承载着青春梦想，畅想着美好未来。

有梦就去追

她从宁夏师范学院毕业后，被分配到了当地一所中学教书。在外人看来，她是很令人羡慕的。正值佳季年华，花容月貌，亭亭玉立，又有一份体面高尚的工作，所有的光鲜亮丽集于她一身。按照常规的设想，接下来该是嫁一个有钱有权又有才的帅哥，过一辈子衣食无忧、舒坦安稳的生活。

然而，她并不安分。她不想过那种一眼就望到头的生活。她的心里有一个美好的梦想。这个梦想像一颗种子深深地植根于她的心里，等待着发芽、开花和结果。这个梦想就是去大城市做自己喜欢的事业。她知道，要实现这个梦想是很难很苦的。很多人不理解，甚至嘲讽她："别假装清高了，放着别人可望而不可即的好工作不干，非要去外面闯世界，你以为你是孙悟空啊！"亲朋好友都热心相劝，家人更是竭力反对，甚至放出了狠话："你走吧，你要是走了，我们就当没你这个闺女！”她一时陷入了四面楚歌的境地。

日子在千篇一律的重复中不厌其烦地轮回着。她依旧上着班，当着老师，给孩子们上着课。尽管她心里并不怎么喜欢这份职业，但她的课却出奇地受孩子们欢迎，也受到了学校领导的高度好评。这让她有了份自足感。登门说亲的人络绎不绝，门槛都要被踩破了，家人也都在为她的终身大事高兴地张罗着。可她没有忘记心中的梦想，内心深处的那粒种子一直在萌动。

月朗星稀的夜晚她沉思着，大地初醒的黎明她准备着。终于，她辞了职，背着父母，悄悄地踏上了去往北京的列车。她只身一人，背着一个简单的行礼包，置身于茫茫人海中，车辆川流不息，人群熙来攘往，世界之大，哪里是我家？她欲哭无泪。但这是自己的选择，硬下头皮干吧。她发过广告，每天站立街头，给过往的形形色色的人发广告，直站得腰酸背痛腿发麻。她干过销售，苦口婆心地给人介绍产品的特性和优点，却遭到了一次又一次的嗤之以鼻和不屑一顾。面对艰苦的环境和恶劣的条件，她没有抱怨，没有退缩。相反，她很乐观，很自信，很坚强。她说：“巴尔扎克说过，苦难是人生的老师。这才是我想要的生活，每天都面临着未知的机遇和挑战。虽然我很辛苦，但我很快乐。”她坚信肯定会找到适合她的工作。机遇总是垂青有准备的人。一家杂志社向她发出了邀请。她应聘成功，顺利成为一名实习编辑。

实习编辑的工作也很苦很累，但不管怎样，跟以前相比有了很大的改善。虽然只能住在北京丰台区一幢高级写字楼的地下室，但也算有了自己的小窝，不用再风餐露宿，四处漂泊。她很珍惜这份让她满心欢喜的工作。她勤奋认真，吃苦耐劳，虚心好学。由于她的努力付出，一年之后，她转正了，成了一名正式杂志编辑。宿舍也随之从地下室上升到写字楼的五楼单间，她美其名曰“保险箱”。她自足地说：“在外面纷繁复杂的世界，鱼龙混杂，什么人都有。而在这里，一楼有门卫替你看门，进楼就得刷卡，住户都是我们同单位的人，安全无后顾之忧，你说这不是像在保险箱里吗？多好！”

我是她的作者。上次去北京应邀看了她的小窝，还在那儿留宿一晚。屋里干净整洁，一桌、一椅、一床、一柜、一电脑，物品摆放整齐有序。她指着床上的被褥说是她自己做的。她还给我看了她做被褥时的照片。“出门时什么都没带，只能自力更生，现在也丰衣足食了。”她笑着说。我不由得对面前这个小我好几岁、活泼可爱又端庄秀丽，浑身上下散发着一种高贵典雅气质的女孩儿，更加生出几分钦佩和敬重。她给我看了很多照片，她的、她家人的、她朋友的。她给母亲买了一条贵重的黄金项链。“我是偷着跑出来的。母亲现在不生我气了。”她俏皮地笑着说。

作为一名编辑，她工作很出色。她结交了大量的作者，对作者热情帮助，关爱有加，还时常给作者讲课，教授写作方法，因而她的上稿量也就很多。

如今，她还在坚持努力着，但她很快乐。

为了心中的梦想，我们要不停地奋斗。不要被当前的满足羁绊了手脚，停滞不前。追随梦想，去迎接风雨之后的阳光。

只要心能静下来，到处都是写字台

书和写字台是我的至爱。我对物质方面的要求很简单，我可以什么都没有，但是不能没有书和写字台。为此，命运也特别垂青我，让我的家里到处都是写字台。

我们三室两厅的家里，没有一个专门的书房，因为每个卧室里都放着床。但其实每个卧室又都可以做书房用，因为里面都放着一张写字台。我随便到哪个卧室，都能伏案读书、写作。

但我的意趣并不在专门的写字台上，而是在两个生机盎然的大飘窗上。卧室和客厅的大飘窗成了天然的写字台，而这里也成了我的最爱。

暖暖的午后，我坐在飘窗前，柔和明媚的光线从防护栏一丝一缕地折射进来。飘窗上过年时张贴的大红福字在太阳的照耀下笑红了脸，慷慨大方地把温馨和暖的光晕洒在窗台上。

柔和明媚的光线被防护栏均匀地隔开，形成错落有致的光影，把窗台上的两盆芦荟和吊兰映衬得更加娇艳多姿、葱茏可爱。我赏阅着唯美的文字，沐浴着温暖的阳光，心中无限明朗，无限惬意。此时的飘窗，有阳光、红晕、绿花、书籍、纸笔，还有一个身着粉色毛衣的青春灿烂的主人……这一切相映成趣，定格成一幅剪影，构成了一幅美妙的画卷！

可太阳是有脚的呀，轻轻悄悄地挪移了。不一会儿，阳光的影子就向东移了去，这时一切是那么宁静、安详。时间就这样在眼前过去了，我感到时间紧张，不能再这样碌碌无为了，赶紧抓住时间去读书吧。

客厅的西飘窗也别有一番趣味。飘窗上的几盆花舒展了细长的枝条，她们越发浓绿油亮，葱茏翠绿的吊兰长势旺盛，已抽出好几条长蕊了，长长的、圆圆的、挺挺的绿蕊上蜿蜒地点缀着些含苞待放的小白花骨朵，有的长蕊尽头已结出了一簇新吊兰。嫩小的枝叶挨挨挤挤，但都你不让我，我不让你地探出了头，挺直了身体，气宇轩昂地欣赏着这个美好的世界。

趴在飘窗写字台上，在花草们的陪伴下，书香从面前飘过，书籍带着岁月的印痕，微微泛着黄，我的心绪也为之悠然徜徉。

静坐北面卧室的写字台，透过窗户，外面的热闹一览无余，繁华尽收眼底。

当晨曦给黑暗的天空镀上一层淡淡的金边的时候，薄雾下的房舍里竟有袅袅的炊烟升起，又似有淡淡的饭菜香味飘来，俨若一幅隽永的水墨画，每处着墨都透着朦朦胧胧的宁静。坐在写字台前的我也开始了一天的文字之旅。

只要心能静下来，到处都是写字台。

窗　　花

早晨起床，看到阳台外窗的玻璃上一层冰雕玉砌的雪白。我赶忙跑到跟前欣赏这大自然的杰作。晴天时，窗明几净的玻璃能一眼看到外面很远的地方，可现在却如楚汉之界，把外面的世界与里面隔开，只能看到自家窗户的厚厚窗花，如在世外桃源，不知外面喧嚣的世界。

这些窗花真是可爱，形状奇特，千姿百态，有的像盛开的牡丹，花团锦簇，争芳吐艳；有的像修长的垂柳，婀娜多姿，随风摇曳；有的像弯弯的溪流，叮叮当当，潺潺流淌；有的则像奔跑的孩子，尽情地嬉笑玩耍……

手摸上去，窗花是那样的厚实冰凉，凹凹凸凸，镂刻着阡陌交通，柳暗花明。可不一会儿，太阳就露出了脸，温暖的光线给窗花镀上了一层金黄。此时的窗花更为漂亮了，在影影绰绰、丝丝缕缕的光线中，也极为配合地舞动着，跳跃着，使出全身的气力，专心致志地投入舞蹈，不管劳累疲惫，不顾汗流浃背，直至筋疲力尽，舞出生命的最后一丝气息。

就这样，因阳光的青睐，窗花毫无保留地奉献出了自己的生命。窗花给阳光让出通关大道，好让阳光直射进主人的家，让主人沐浴阳光，感受温暖。

美好的事物总是定格在一瞬间，犹如昙花一现。窗花的生命虽然短暂，可她却在有限的生命里给人们带来了美好，带来了愉悦，使人感受到美，令人啧啧称奇、大加赞叹。

人类的一生也是短暂的，而我们又做了些什么呢？“流水落花春去也，天上人间。”时光荏苒，似水流年。时间溜走了，便不再回来；窗花蒸发了，便找不回来；事情荒芜了，便不能更改；年龄过去了，便捡不回来。还空叹息什么呢？日子只能在叹息中默默溜走，一去不复返。“莫等闲，白了少年头，空悲切！”

时间不等人，唯有抓住当下，去做有意义的事情，让自己的生命也像窗花一样璀璨绚烂。

舞出美好的青春

我在去往北京的火车上碰见了我的一位“车友”，四年前我们在一起练车考驾照。其实，她还是我们学校的学生。我教过她那一届学生，但没有教过她们班。练车那年，她还在北京学舞蹈，毕业后在我们县城开了一个舞蹈班，时至今日已经三年了。舞蹈班办得如火如荼，她在我们县城也小有名气。我同事的孩子还有邻居的孩子都有在她那儿学舞蹈的，反应都很好。在火车上相逢，感觉格外亲切，而且我们还是相邻的座位，高兴劲儿更是不言而喻。

一路上有了她的陪伴，五个多小时的车程不再那么枯燥难熬。我对她能创业很是佩服。从交谈中我得知她今年六月份在我们县城广场举办了一个舞蹈专场，有二十多个节目，都是她一手策划的。演出非常成功，博得了观众的一致好评，从条幅悬挂、背景设计、节目安排、抽奖环节到互动环节都是她一人策划的。我又佩服又好奇：“你真厉害。你是怎么策划的？”

“自己琢磨呗。”她轻松地说，“去年也办了一场演出，那时为了省钱，舞台是我们自己亲手搭的，什么都是我们自己弄的。简直累死了。节目也没今年的多。”说着，她打开随身携带的平板电脑，让我看了她四五天前领着孩子们来北京参加国际舞蹈大赛的视频。孩子们在这次大赛中取得了团体第一名和个别项目个人第一名的好成绩。他们舞动着灵活的身体，动作娴熟，舞姿优美。

我不禁赞叹：“跳得真好啊！”

“这个还不算最好的。你看这裙子好看吗？”她指着孩子身上穿的粉色的舞蹈裙。舞蹈裙的后背是几根交叉带，前面是紧身的，下摆是多层鱼尾裙摆。

“真漂亮！”我赞叹道。

“这是我自己设计的。我设计好后，让加工人员去做，然后我再拿回来贴钻。看，这腰带上的钻都是我自己贴的。”

“天呐，你真棒。你服装设计做得真好！”

“琢磨呗！”她轻描淡写地说。

“你真棒！这么小年纪，就闯出自己的一片天地，而且干得风生水起，热火朝天，太了不起了，真为你骄傲。”

“哎，有什么呀。我不觉得怎么样。我同学都干得大得很呢。跟他们比起来，我差得远呢。”她不以为然地说。

她这次去北京，是参加一个台湾老师的辅导班。“我经常外出参加各种各样的培训，学习新理念，充一下电嘛。”她轻松地说。她的长相虽然不怎么出众，但是“腹有诗书气自华”，她的能力和胆识使她很有气质，很受人敬重。

她很自谦，对自己做出的成绩很不以为然。她的梦想还很远大。她说："趁我们年轻，多干点儿事吧。"年轻是创业的资本。她独立性很强，去哪儿都是只身一人。她说她十六七岁就外出上学，锻炼出来了。她的舞蹈班很成规模，有着严格的规章制度和要求。她从北京体育大学高薪聘请了四位学生，管吃管住。下课后，老师都走了，她还要守着晚走的孩子，等着家长们来接；还要联系去外地演出，预定车票、房间，负责孩子们的路途安全，等等，里里外外都是她操持打点。但她一点儿也不觉得累。她激情澎湃，热情高涨；她善于观察，勇于创新。

正是她的不断努力成就了她和孩子们的舞蹈梦。

来吧，让我们一起舞出美好的青春！

不买无用之物

我和同事一块儿去超市，看到门口旁边围满了人，原来是夏凉被厂家在搞促销活动，听说是买一送一。同事不由分说地拉着我挤了过去。很多人都在争着抢着买。

同事兴奋地说："来得早不如来得巧呀。买吧。"

我眼瞅着这些花花绿绿的夏凉被，嘴里嘟囔着："我家里有好几条呢，现在买了也用不着。"

"管它有用没用呢，多便宜呀，先买了再说。"

还没等我反应过来，同事早已拿好了两条，冲我得意地炫耀："我替你买上了。"我接过一看，质量很差，看来真的要压箱底了。

我想起五一小长假期间和表姐去逛商场，服装区正在搞活动，买够一百二十八元就可抽一次奖。本来没打算买衣服的表姐一看能抽奖便来了精神。她拽着我，可着劲儿地看看这件试试那件，可转了大半天，也没碰着一件合适的。但是表姐不灰心，发扬“不抽到奖心不甘”的精神，又在那些早已下架的衣服堆里选来又去，最后终于挑了一件早已过时的冬季服装。付完款，表姐兴致勃勃地去抽奖，结果只抽到了纪念奖：一双袜子。“有钱不买半年闲”，我都替表姐发愁，这衣服何时穿呢？怕是要束之高阁了。

周末去婆婆家，一进门我就听她老人家高兴地说：“快来吃梨，可甜了。”

我看着地上的一大堆梨，吓了一大跳：“妈，您这是要搞批发，卖梨呢？”

婆婆一边往外捡着好梨，一边自豪地说：“你猜这一大堆多少钱？”我看着满地的“伤疤梨”，皱着眉头摇摇头。“哎哟，可碰着便宜事了。这么一大堆才五块钱。”婆婆高兴地说。

“妈，以后还是买新鲜的好。这些梨是便宜但都不好了。家里就您和爸两个人，您买这么多也吃不完。以后就随吃随买，买新鲜的，也多花不了几个钱的。”说话的工夫，婆婆挑出了五六个好梨，剩下的全是有伤口的。俗话说，图贱买老牛，这些伤口梨不能存放，很快就会烂掉。

我又何尝不是如此呢？打开衣柜，很多衣服都是因当时的怦然心动买回家来，结果就像大门不出二门不迈的大家闺秀，很少露面。再看我的储物箱里，有很多小玩意儿都是从市场小摊里淘来的，确实捡了便宜，但毫无用处，如今被扔到了杂物筐里，我甚至忘记了它们的存在。

诚然，我们都是凡夫俗子，在生活中都难免会被很多利益所诱惑，看着便宜就买，只要搞活动就买，只要能抽奖就买，也不管东西有用没用，为了买到，不惜花费大量的时间和精力，结果买来的东西被扔在角落，远离我们的视线，最后被当作废物处理掉。

不跟风盲从，不随波逐流，不为利益所累，不买无用之物，如此换得一身轻松，岂不优哉乐哉！

让心灵呼吸

在做过一个小手术后的第六天，我感觉身体好多了，伸伸胳膊，扭扭腰，踢踢腿，舒散舒散筋骨，于是也来了精神。

捧杯热水，拿起一本杂志，我潜心品味起来。书中一个个真挚感人的故事在打动着我；一个个令人深思的哲理在启迪着我；一个个扣人心弦的情节在牵动着我；一个个成长励志的故事在鼓舞着我……不知不觉间，一抬头，两个小时已经过去了。时间过得好快啊。透过窗户向外看去，贸易街上一派繁华热闹的景象。开门市的、摆摊儿的、沿街卖散货的，都忙得不亦乐乎。街道上过往的行人熙熙攘攘，小商小贩们的叫卖声此起彼伏。俯瞰这一切，我眼前浮现出了《清明上河图》的热闹画卷。

我不由得凝神思索，如果不是请病假，此刻的我正在干什么？早晨无奈地下了好几次决心才爬出暖烘烘的被窝，匆匆地扒拉一口饭，一路小跑去上班了，然后置身于如山的档案资料中，迷失了自我。一天天忙得手脚不停，可也不知道自己究竟干了些什么。

我多么盼望着能够歇下脚来，享受属于自己的安宁时刻，现在终于有了这样难得的时间。我突然觉得屋子里特别静，比起前两天亲戚、好友、同事络绎不绝地看望我的热闹场面，显然是清静了许多，也安宁了许多。在三室两厅的屋子里，静得只听见钟表的嘀嗒声，静得能听见自己的呼吸声，静得能听见怦怦的心跳声。

很多时候，我们置身于喧嚣的闹市中，无法放松头脑中那根绷紧的弦。也只有在这安宁的时刻，我们才能找到真正的自我，享受真正属于自己的空间。

此时此刻，我觉得时间是那么宝贵，不舍得再张望，赶紧回过头来，静静地享受着这一切，抓紧时间做自己想做的事情，生怕一不留神，时间就会从身边悄悄溜走……

读书让每个人平等地富有

贸易街北头的拐角处有一个菜摊，卖菜的是一位六十岁开外的老大爷。他皮肤黝黑，双眼明亮，头发虽已发白，但却精神矍铄，衣衫不新但很整洁。

在没人买菜的时候，大爷便坐在旁边的三轮车上，捧起一本书，津津有味地读起来。他看书时的神情很投入，有时手托下巴，好像在沉思问题，有时又低着头，用手指着页面，一行一行地读着。他读得那样认真，身边的车水马龙、熙攘热闹似乎都不复存在。真的是“结庐在人境，而无车马喧”，直到有买菜的人来，才把他从书中拽了出来。这时他便摇摇头，叹口气发出感慨的声音。

“大爷，看什么呢，那么投入？”买菜的间隙，我问大爷。

“《平凡的世界》。”

“《平凡的世界》？前段时间热播的电视剧？”

“是啊，听人家说这个电视剧演得很好。我也很想看看。可我这一卖菜的哪有时间看电视呀！”大爷拉长了音调接着说，“还是我孙子了解我。他在外地上大学，特意给我买了这本书邮寄回来，让我看着解闷儿。能读书真好，真是秀才不出门，全知天下事呀！”

“哦，您孙子真好。”

“那可不，我能读书全靠我孙子了。”提起孙子，大爷得意扬扬，满脸骄傲地说，“我现在认识的这些字都是他教我的。我们小时候穷，上不起学，自学认识仨瓜俩枣的，啥事也不顶。我深受了没文化的苦，于是就教育孙子要好好读书，好好学文化。孙子挺争气，考上了大学。在孙子学习的过程中，我和孙子一块儿学，在孙子的帮助下，我也学会了很多汉字，现在看一本书不成问题。”大爷如竹筒倒豆似的自豪地说。

我被这爷孙俩的精神感动了，大爷找我的零钱我都忘了接。我的眼前浮现出爷孙俩共同读书，其乐融融的场面。老大爷不仅教育孙子要好好读书，难能可贵的是，他和孙子一起学习。孙子受其感染，奋发拼搏，学有所成，并认真地教爷爷文化知识，还给爷爷买书看。爷孙俩共同学习，共同进步，相互鼓励，互帮互助。

亲人之间传承的往往是亲情和关爱，可像老大爷这样以身示范“活到老，学到老”的精神不正是我们每个家长都要学习的吗？有了这种精神传承，我们还能不富有吗？

不要让朋友圈成为我们的负累

周末，我带儿子出去游玩。我们参观了郭沫若故居，去了南锣鼓巷，顺着荷花市场、什刹海转过来，最后去了北海公园。

每到一个地方，我都会先拍上几张照，然后匆匆地发往朋友圈晒出自己的足迹，不一会儿就收到很多好友的点赞和评论。我挥舞着手机，双手敏捷地在键盘上跳跃着，陶醉于朋友圈的信息中，全然不顾四周美丽的景色和儿子的大声叫喊。

在郭沫若故居，我一边快速浏览一边拍照，马上发朋友圈与大家分享，然后忙于对大家的点赞和评论进行回复，竟无心静下来认真观看大师故居。

“妈，你看这个怀表，是当年郭沫若北伐时期用的。他为什么要投笔从戎参加北伐呢？”

我匆匆地扫了一眼，哼哈敷衍着，然后又忙于欣赏我的朋友圈。

“妈，我问你呢！哼，就知道玩手机。”儿子对我心不在焉的回话和沉醉于手机的行为感到很生气，抛下我转身去别处参观了。

这时，走进来一对母子，他们走走看看，指指点点，母亲给身边的孩子不紧不慢地讲解着，儿子认真地听着，有时也会提出一个问题问母亲，母亲则会耐心地解答。有的问题母亲可能也不太清楚答案，便会认真仔细地看旁边的文字说明，然后略微沉思，再给儿子详细解答。每到一处，他们都留下了认真观看、仔细探讨、用心思考的身影。而我却置儿子于不顾，自己在频频地刷朋友圈，结果是风景没看到，还惹孩子不高兴。

我决心吸取教训，好好地陪孩子游玩。我把手机调成静音，不再看朋友圈。到了北海公园，我带着儿子尽情地欣赏玩乐，深深地陶醉于风景如画的美景当中。每走一处，我都跟儿子讲这个地方的历史背景和人文风情，儿子在欣赏的同时也深深地感叹，看上去很普通的一草一木，竟然有如此深厚的历史渊源。一个地方之所以伟大，并不仅仅在于景色有多优美，关键是它蕴含着丰富的历史典故和深厚的文化内涵。在看九龙壁时，换成儿子跟我讲了，因为这是他们课本上的一篇课文。儿子讲得绘声绘色，让我深深地感叹九龙壁的博大精深和雄浑壮观。

游玩回来，儿子坐在书桌前，津津有味地写下了当天的心得体会。写完后，儿子冲我伸出大拇指说：“妈，我要表扬你在北海公园没有发朋友圈。我们玩得好快乐。”随后儿子又调皮地扮着鬼脸说：“你现在可以发你的朋友圈了哟。”我内心非常自责和羞愧，同时也为儿子认真的态度点赞。

在如今手机网络便捷的时代，朋友圈随时随地都可晒出你的足迹。但问题是，风景晒出去了，可你却忽略了身边的风景。玩就要好好地玩，用心去玩，体验玩的过程，才能收获更多的快乐。朋友圈可以发，但是要掌握一个度，玩好了之后，闲暇时间可以发下朋友圈，但千万不能边玩边发朋友圈，让朋友圈成了你游玩的主题，如此是忙了手机，扫了兴致，输了心情，得不偿失呀。

切记，不要让朋友圈成为我们的负累。

麦收往事

前两天给父亲打电话，我问老家的麦子收了没有。父亲说还没有，就等着机子过去，一两天的事。今天上午回老家，地里只剩下一片片一望无际的黄灿灿的麦茬。我们家的麦子刚收割完。开车路过我们家地时，碰见邻居李婶，她说："你爹刚回去。"

远远地，我看见爹在家门口，正在放三轮车。

"麦子呢？"我问。

"一割好，你哥就拉着卖去了。"爹轻松地说。

"那现在让我们干什么呢？"特意回家帮忙的我们问道。

"不用，什么也不用。我还闲着没活儿干呢。现在的麦天有啥过得呀，联合收割机一过去，麦粒就出来了。哪像以前啊，过个麦天，得忙上半个月二十天的，真的能累死人。"

爹的话把我们带回了那个忙碌的打场时节。

临麦前，在自家地头割掉还不太熟的麦子，腾出半亩来地作麦场。先往麦场地上泼水，浸湿场地，再铺上往年的麦秸秆，然后用石碾滚轧场地，轧成现在铺水泥面之前的路基，让地面发挺发硬，平整为一个整体，以便于以后轧场、晾晒麦子。

然后是收割麦子。场地做好了，麦子鼓着饱胀的麦穗笑弯了腰。天刚刚亮，便有忙碌的身影在地里弯着腰，弓着背，挥舞着镰刀割麦子。之所以选早晨收割，一是因为凉快，二是麦穗不炸，麦粒不会被抛洒出来。一个人一天能割半亩来地吧。割得差不多时，把两把麦秸秆拧在一起，撑开，把割好的麦子放上去，打成捆，便成了一个个的麦个儿。然后用排子车把这些麦个儿拉到场地去。

接下来，就到了打场的时候了。先把麦子解捆，摊开，尽量均匀地铺在场地上，晾晒两三个小时后把麦子再从底下翻过来，间隔一小时左右，翻两三遍。午饭后就开始轧场了。用拖拉机或石碾滚轧两三遍，把麦粒都轧掉。然后开始翻场，起场。人们顶着炎热的太阳，流着豆大的汗珠，个个脸红得像关公。女人们用毛巾包住头，挽起裤腿，忙里偷闲时拿起一把蒲扇，猛扇几下；男人们则只穿一条短裤，裸露着黝黑发红的上身，脖子上搭着一条湿毛巾，时不时地擦去脸上滴答的汗水。人们用叉挑麦秸秆起场，把剩下没有轧净的麦秸秆再抖搂几遍，然后把麦秸秆堆成垛。麦秸秆有方形的，有圆形的，既可用来作纸，也可以用作柴火烧火做饭。场地上留下的麦粒和麦糠又被堆成东西走向的四五米长的小垛。因为多为南北风，东西方向的小垛好顺着风向扬场。用叉子叉起一堆麦子，高高地顺风扔起来，风带起麦糠，只留下干净的麦粒，如此反复多遍后，干净的麦粒就可以装进提前准备好的塑料袋里了。我现在依然记得，天色已晚，人们都还在忙碌着。我们家的麦子正在装袋。我那时还小，帮不上什么忙，就倚靠在装好麦子的塑料袋上数天上的星星。一颗、两颗、三颗……唉，怎么数不完呢？天上到底有多少星星啊？就在那时，如钻石般闪亮的星星点缀的天空，给了我无限的遐想：星星眨着眼睛，好像在跟我说话，它会不会掉下来？夜空为什么那广阔，那么暗，而且是圆形的？……我还哼着小曲，漫无目的地蹦蹦跳跳，看着一袋又一袋的麦子，拍手叫好。

过个麦天，把人累得够呛。大人们都来不及在家里吃饭，送饭便成了我们小孩子的任务。我们手提篮子，里面放上娘蒸好的馒头，有时还有大油饼，再加上娘提前炒好的一盒菜，还有家里腌的老咸菜，如咸萝卜、咸菜疙瘩、咸蒜等，有时还装上一大瓶米汤，然后用毛巾盖住，提到地里时饭还热着呢！我们还负责送水。用一个大白塑料壶装满白开水，有时还往里面放点儿橘子粉，橘红色的水，看着就诱人，喝到嘴里那甜劲就更不用说了。我们还用手蘸点儿橘子粉偷吃，那种感觉真爽啊，我一辈子也忘不了，那是我到现在为止吃到的最甜的东西了！

“回来了，叔叔。麦子收完了？”姐姐跟邻居王叔叔打招呼，把正沉浸在麦场往事的我拉了回来。

“噢，好了。这麦天就算过完了。”王叔叔笑着回答。

过去的打场让人劳累又难忘。现在的麦收让人轻松又快乐。是的，忆苦思甜，今非昔比。幸福像花儿一样开满老百姓的生活！

辑四／寸草难报三春晖

父母手中线，爱子心无尽。我们是父母放飞的风筝，无论飞得多高多远，那条线始终紧紧地攥在父母的手心。

父母的手绘地图

周末，我回老家看望父母，在帮父母整理房间时，在床铺底下发现了几张纸，拿出来一看是五张手绘的地图。每一张地图的形状都不一样。我仔细一瞧，这每一张地图都是一座城市，上面用铅笔勾勒的轮廓已有些模糊不清，地图上被标注得密密麻麻，有很多各式各样的符号，能看得出这些符号表示不同的交通线路和建筑。旁边还有一些发黄的小字，我捧到灯光底下仔细辨认，“上海9月8日，9月9日……”。这些歪歪扭扭的字体后面画的是表示天气的符号。我的心猛地一颤，泪水扑簌扑簌滚滚而下。我翻阅着这五张手绘地图，每一张都是一个我曾经去过的城市。

大学毕业后，我辗转于几个省市找工作，先去了上海、江苏，后又去了北京、广州和深圳。父亲不放心我，说一个女孩子在外面闯荡不安全，硬要跟我一块儿去，我坚决阻止。那时聪明的我对父亲是不屑一顾的，父亲没上过学，斗大的字不识一个，让父亲跟我去，别说父亲管我了，我还得照顾父亲。于是我独自出行。可每到一个地方，总会接到父母的电话，母亲会准确无误地告诉我当天的天气以及第二天的天气情况，并嘱咐我看天气穿衣服。父亲则会精准无误地说出我当时所处的地理位置以及周边的地理情况。父亲甚至告诉我出门怎么乘公交车，他对我所在地的公交路线非常清楚，告诉我去哪儿要乘哪路车等，这可节省了我找公交车的时间。后来很多次，我只要一外出，就提前把地点告诉父母，母亲会告诉我当地的天气情况，父亲则会准确给我提供乘车路线。我虽然身在外面，可一点儿也不孤单，因为父母犹如在我的身边，他们帮助我出行，指导我的生活，给我的工作出谋划策。

我的心里一直有一个疑问，父母都是文盲，一辈子没有出过远门，如何能对外面的世界了解得那么清楚，而且对当地的地理位置以及乘车路线都了如指掌，可我每次一问起，他们总会笑呵呵地说："这有什么呀，谁让我们的女儿在那儿呢！"现在我一下子明白了，原来父母为了了解我所在城市的情况，亲手绘制了那个城市的地图，并对那个城市悉心地研究琢磨，关注天气，研究交通情况等。我不知道这五张手绘地图耗费了父母多少个不眠之夜，但我知道这里面凝聚了父母无限的关爱与牵挂！

不管我在哪里，不管我离父母有多远，我的足迹始终印在父母的地图上，一如那放飞的风筝，不管我飞得有多高多远，那条线始终紧紧地攥在父母的手心。

母亲的大锅菜

午饭时间和同事一块儿出去就餐。同事提议去吃“东北大锅菜”。这是一个很不错的餐馆。服务员很热情，不一会儿就端上来两碗大锅菜。同事吃了几口说，在外面吃过很多大锅菜，就是没有母亲做得好吃。是呀，母亲的大锅菜那才叫一个香呢！我的眼前又浮现出母亲做大锅菜的情景。

母亲把放入油中的肉丝烹上酱，撒上葱、姜、蒜、大料等佐料，然后再放两个西红柿，母亲说西红柿的汁炖菜提香味，再把洗净切好的大白菜放入锅内，同时要放上海带，而且不加水，就这样先炖着。母亲说这样可以让油更好地浸润到菜当中。等菜炖得差不多了再加水，然后放入豆腐、粉条和妈妈自制的大丸子，调好火候炖着就行了。菜好时，一掀开锅盖，五颜六色的菜丸子都鼓着饱饱的圆圆的大肚子正冲着你笑呢。最后，母亲把调好的拌有葱花的香油醋倒进菜锅里，菜就可以出锅了。吃着香喷喷的大锅菜，听父母说着家长里短的事情，内心很温暖。可如今身在异地他乡，为了工作整日忙碌，吃饭也是饥一顿饱一顿，吃遍了附近所有的餐馆，可没有一家能有母亲的饭菜做得好吃。我以为就我自己有这样的感觉，可没想到同事也是如此。同事说："外面的饭菜再好吃也没有那种味道。是什么味道我也说不清楚，反正就是一种让你感觉很熟悉很亲近的味道。"

这不就是母亲的味道，母爱的味道吗？

我突然很想回家，一是想念父母，二是想念母亲的大锅菜。周末，我踏上了回老家的列车。为了给母亲一个惊喜，我上了火车后才给父母打电话，到家已是下午两点。一进门，一股熟悉的、诱人的、浓郁的菜香味扑鼻而来。菜还在火上炖着，只不过是特别微小的火。我顺势掀开热气腾腾的锅盖，上面飘浮着一层鼓着大肚子的丸子，白的、红的、绿的，令我垂涎欲滴。母亲怜爱地打了下我的手，嗔怪地说："都这么大了，还跟小时候一样等不及掀锅盖。这菜早就炖好了，为了等你回来吃，我特意小火煨着呢。大锅菜越炖越香呢。"

热气腾腾，色香味俱全的大锅菜端上桌，我和父母围坐在一起，我们边吃边说边笑，欢乐的笑声在饭菜的热气蒸腾中氤氲弥漫。

饭后，我走到正在厨房里收拾的母亲跟前说："妈，我来帮您。"

"不用，丫头，你快去跟你爸歇会儿去吧，我在家一天天闲着没事，干点儿小活解解闷。这儿马上就好。"我被母亲轰到父亲跟前。

父亲问了一些我的生活、工作情况，而后，幽幽地说："看来你是你妈最好的医生呀。"父亲说，母亲本来生病了，打针吃药也不见好。今天一听说我要回来，像遇见了神医一样，病也好了，精神也来了。

她嘴里念叨着："太好了，妮儿终于要回来了。我给她做什么好吃的呢？对了，就做她喜欢吃的大锅菜吧。"

父亲借机开母亲玩笑：“你不是说以后再也不做大锅菜了吗？”原来，邻居家儿子娶媳妇，母亲过去帮忙炖大锅菜，可是不小心被油烫伤了。母亲因此说，以后再也不做大锅菜了。可是现在母亲却置父亲的话于不顾，马上开始忙活起来。所有的材料都准备齐全，可还是缺一样菜丸子。父亲劝她买些现成的，可她不肯，说外面买的不干净，硬要亲手给我做。父亲拗不过她，只好帮着她一起做。先是择菜、洗菜、切菜，然后还要剁成菜屑，最后裹上白面下油锅里炸，炸到外酥内软时再捞出来。母亲一共做了六种菜丸子。从接到我电话到我进门，母亲一直忙得手脚不停。

我鼻子一酸，喉咙发紧，赶紧背过身去，拿出手机装作在看消息，任由泪水打湿手背……

我是爸爸心中永远的骄傲

我在报纸上发表了一篇题为《奶奶》的文章，还刊发了奶奶的一张照片。回老家时，我把报纸拿给奶奶看。本不想让爸爸知道，可他还是知道了。年过花甲的父亲那布满沧桑的脸上，绽放出了舒心灿烂的笑容，饱经风霜的眼睛里，闪烁着自豪幸福的光芒。

“爸，我这只是跟小孩儿写作文一样，很普通的。您不要再到处宣扬了，让人家笑话。”我再三地叮嘱爸爸，怕他再逢人便说“俺小燕又在报纸上发表文章了，俺小燕可优秀了，讲课获全国第一名”。

“嗯，嗯，嗯。”爸爸点头应和着，可是眉飞色舞的神情掩盖不住爸爸内心巨大的喜悦。

小时候，爸爸一直为我骄傲。我做作业时，爸爸在一旁默默地看着，他那充满希望和欣慰的目光，给了我莫大的鼓舞和鞭策；每当我写完作文，读给爸爸听时，他是那样幸福，那样陶醉，仿佛在欣赏世界上最美的乐曲；每当我拿着奖状回家时，爸爸会停下手中的一切活儿，如获至宝似的捧起我的奖状，看了再看，然后小心翼翼地把奖状贴在墙上。在我离家去外地上学之前，屋里的奖状贴了满满一墙。爸爸逢人便自豪地说："俺小燕这次在县里抽测考试中又得了第一名。俺小燕，学习可踏实了，回到家就学习，我们什么都不用管……"

上大学时，我偶尔把发表的文章邮寄回来，那就成了爸爸的一大快事了。妈妈讲，当时爸爸正遇着烦心事，可一看到我发表的文章，一切烦恼不快都忘了，一下子就乐开了花，捧着我的文章，高兴得看了又看，连饭都顾不上吃，还三天两头拿着我的报纸，让村里人读，那劲头，比中了大奖还开心。听完妈妈的话，我不争气的泪水稀里哗啦地往下掉。爸爸是文盲，大字不识一个。但他很有头脑，很有魄力。他白手起家，辛苦创业，靠着勤劳、朴实、智慧和远见，成了20世纪80年代初的万元户。方圆四十里内，一提起父亲的名字，大家都伸出大拇指，无人不知，无人不晓。爸爸吃尽了没文化的苦头，他把希望都寄托在我们身上。我取得的每一点成绩，都给爸爸带来了满满的骄傲和自豪。

我当了一名老师后，用心工作，全力以赴投身到教育事业，取得了一项又一项的优异成绩：优质课获全国一等奖、课件获全国一等奖……当我去北京参加颁奖典礼时，妈妈说爸爸喝醉了，醉得让全村人都知道他女儿获得了很多国家级奖项，她女儿去北京领奖了……

我觉得很不好意思。"爸，不要再给人讲了。山外有山，人外有人。我这一点儿成绩算什么啊，很平常的，让人听了笑话……"我多次跟爸说不要再宣扬我的事情。

"以后，你们几个我都不管了，我骄傲的是下面的小孩子们。"爸爸语重心长地说。是的，我们姊妹几个都已成家立业，大姐的孩子都快上高中了。父亲是应该为他的孙辈们骄傲了。

可是，每当爸爸得知我取得的成绩后，总会乐得喝醉一场。为此，我之后取得的各项荣誉奖项和发表的文章，都不敢告诉爸爸。这次发表的是奶奶的文章和照片，我不能不让奶奶看，可还是没有瞒过爸爸。爸爸，我不是不想让您知道，我是怕您再喝醉……

无论你有多大，无论你在哪里，总有一个人在为你真心喝彩。那个人就是老爸——时时刻刻为女儿骄傲的老爸！

母亲的萝卜条包子

五一假期，我带着儿子回农村老家看望父母。父母沟壑纵横的脸上开出了灿烂的花朵。父亲从菜地里割回了新鲜韭菜，母亲忙着和面。

我一惊："不是说好了去饭店吃饭吗？"

父母已年过古稀，身体虚弱，我不愿让他们再费事做饭，便提前预订了饭店。

母亲嗔怪着说道："守着家呢，花那闲钱干什么？"

"我们自己做饭太麻烦了，去饭店省事嘛。"

母亲爱怜地笑着说："家里有你最爱吃的春韭馅包子，饭店里有吗？"

我无奈地耸耸肩，吐了吐舌头，便赶紧帮着父母忙活起来。

父亲调馅，母亲揉面，我擀皮，包子马上就要上锅了，在外面玩的儿子回来了，看到我们包包子高兴地拍手叫好。当他看到是韭菜馅时，突然说："妈，你还记着我们上次去山西玩时吃的萝卜条包子吗？我还想吃萝卜条馅的。"

我瞪了儿子一眼，挥起擀面杖训斥道："不许挑剔，做什么吃什么，韭菜馅的更好吃。"

儿子噘起小嘴嘟囔着："我就想吃萝卜馅包子。"

"这还不好说？姥姥是包包子高手，什么馅的都可以给你做出来。"母亲笑着说。我赶紧把儿子轰开，跟母亲说不要理他。

母亲解下围裙，说去南屋厨房里坐锅烧水。我和父亲继续忙着包包子。可过了好一阵子还不见母亲过来，我赶忙跑到南屋去找母亲，可哪里有母亲的影子？我正要打电话，只见母亲抱着一大包东西回来了。母亲高兴地说："找到萝卜条了。我记着你王大婶和刘二婶家好晒萝卜条，可这次她们两家都没有了。这还是从你马三婶家找的，她晒了半布袋呢！"娘为了找萝卜条转遍了整个村子。

看着母亲满头的白发，佝偻的身躯，我强抑制住即将夺眶而出的泪水，笑着说："娘，你也太实诚了，小孩子家随便说说的，你怎么当起真来了？"

母亲笑着说："手心手背都是肉，闺女亲，外孙更亲呐！"

母亲不顾劳累，赶紧把萝卜条用开水泡上，萝卜条舒展后，捞出来剁成馅，再加上肉搅拌，最后放上调料等，霎时，香气氤氲开来，满屋飘荡。

包子出锅后，儿子一口接一口地吃着母亲蒸的萝卜条包子，边吃边高兴地说："姥姥做的包子真好吃，比上次我们在饭店吃的包子要好吃一万倍！"

我趁机对儿子说道："姥姥的包子是外面买不到的。"

儿子边吃边点头，若有所悟似的说："知道，姥姥的包子是用心做的，里面有爱的味道。我们语文课上刚学了一篇名为《爱的味道》的作文，说的就是姥姥呢！”说着，儿子用双手比画了一个大大的心形。

母爱无边，永无止境，就如那涓涓流淌的小溪，永不停息，为了她的子女，为了子女的子女，她可以不知疲倦地操劳下去……

跟父母，不商量

周末和大姐回老家看望父母。我摸着父亲身上穿的衣服，对父亲说：“爸，你身上这件保暖内衣不暖和了，我再给你买件新的吧。”

“买什么买？你看我的衣服都堆成堆了。别买啊，买了我也不穿。”父亲眼睛一瞪，着急地说。

我知道父亲是舍不得我花钱，便随口说：“没事，一件保暖内衣花不了几个钱的。这次我给你买个厚点儿的，穿着暖和。”

“别买啊，你要是买回来，我就给你扔街里去。”父亲非常严肃且生气地说。这时，大姐冲我使了个眼色。

我赶紧附和着说：“我不买，行了吧。”

大姐私下埋怨我说：“你想买什么就买呗，和家人商量什么？你一商量那肯定是不让买。家人怕我们花钱。你要是真买回来，他也就穿了。”大姐传授经验似的接着说，“我上次给咱爸买了一个按摩仪，爸问价钱，我说二十块，爸说挺好用的。当爸知道是三百块买的时，说啥也不用了，非让我给退了，又说不好用了。我说不能退。爸心疼地说以后别买这么贵的东西了。爸不舍得咱们花钱，你要是提前跟他说，那他肯定不让你买。你想买啥，买就是了，不要跟父母商量。”

仔细一想，大姐说的话还真是这么回事。凡是问父母要不要买某样东西，答案肯定是否定的：不买。但是只要我买回去了，父母虽然嘴上训着、吵着，以后别再买了啊，可心底里还是很高兴的。上次我出差回来给母亲买了一个保健枕头，母亲嘴上嘟囔着：“买这东西干啥，净瞎花钱。”可心里却乐开了花，逢人便夸：“俺小燕给俺买的枕头，睡着可舒服了。以前老是头疼、失眠，睡不好觉，可现在头一挨枕头就睡着了，一觉到天明，睡得可香了。”

可怜天下父母心。父母为我们操劳了一辈子，为了子女不惜付出任何代价，可对待自己却吝啬不已，宁可自己省吃俭用，也不舍得让孩子们花一分钱。常回家看看，生活上的事情可以跟父母说说，工作上的事情可以跟父母谈谈，但是给父母买东西就不要提前汇报了。你看着父母缺什么，买就是了；你觉得父母需要什么，买就是了；你想给父母买什么，买就是了。

跟父母，不商量。买东西，无须说。

做父母的拐杖

感冒数日不好，在医院里打点滴。相邻的病床上是一位看上去六十多岁的老大爷。老大爷在病床上坐着，手上扎着针管，鼻子上吸着氧气，两个女儿在跟前忙碌着。

大女儿跟旁人说：“我爸皮实得不行，能扛就扛，一直瞒着我们，不对我们说，怕我们知道。”她无奈地摇着头。

小女儿附和着说：“就是，你说你有病了，就早点儿治。非扛着，直到坚持不住了才上医院。以后感觉不舒服就早点儿看，别再这么硬扛了。”

大家附和着说：“是呀，以后有病就早点儿治，别不跟孩子们说，你有病不说，老是扛着，花钱多，受罪，又难治。”

老大爷笑了笑，而后瞪大眼睛认真地说：“我不是不治，我是不愿意让她们知道，孩子们都忙，知道了都在这儿守着，撵都撵不走。”

大家笑着说：“可不，这当老人的都不愿意麻烦孩子，能坚持就不愿让孩子知道。”

我的心被抽了一下，想到了我的父亲。父亲常年咳嗽，这是从小落下的病根，当时经济条件差，没钱医治，一直拖着，变成了慢性支气管炎。我们一直劝父亲去医院看看，可父亲满不在乎地说这不算个病！可近些天，父亲咳嗽得越来越厉害，而且还伴有呼吸困难。我们硬把父亲带到医院。医生说拖着可不行，不舒服要及时治疗。父亲说：“平时也不当回事，实在难受了就去村卫生所看看。我不愿意让孩子知道，上班都忙，不能再给他们添乱。”父亲总是报喜不报忧，让我们安心工作不要挂念。

我又想起了我们楼下的王奶奶。她是八十多岁的老人了，一个人孤单地生活着。那天在街上，我看到王奶奶手中拄着拐杖，颤颤巍巍地去买东西。我便跑去帮忙。我知道王奶奶的儿女都住在附近，就顺便问了句为什么不让他们来帮忙。

王奶奶叹了口气说：“他们忙，这点儿小事就不麻烦他们了。我这把年纪，也帮不上他们什么忙，就不能再给他们添乱了。”

“那您这样多不方便呀！”我有些担心地说。

王奶奶看了看手中的拐杖，笑着说：“没事，我有这个拐杖，出门有它跟我做伴，这就够了！”

父母为我们操劳了一辈子，可到了晚年却一点儿也不愿意麻烦我们。小时候，父母是我们的保护伞，为我们撑起了一片天空；现在我们要做父母的拐杖，让父母依偎着我们稳步前行！

父亲，听话

周末回老家看望父母。在我们一家其乐融融的温馨交谈中，时不时地传来父亲的咳嗽声。我们赶忙问父亲：“咳嗽又厉害了？我们去医院检查下吧。”

父亲喘了一大口气，故作轻松地笑着说：“检查啥呀？我这是老毛病了，你们又不是不知道。”是的，父亲是慢性支气管炎，咳嗽的历史比我的年龄都大。我们多次要父亲去医院检查，可都被父亲坚定地拒绝了。

父亲说：“咳嗽于我来说就是家常便饭，不算个啥的，根本不用治。”

可父亲的咳嗽却逐渐加重。我们都很担心父亲的身体，央求他去医院检查，可父亲眼一瞪，头一仰，手一挥，满不在乎地说：“不用检查，我自己的事情我清楚。实在咳得厉害我就想办法了。”可是父亲所谓的办法也就是在村卫生所里拿点儿药，打个针，简单地应付一下。执拗的父亲任凭我们百般劝说，就是一口咬定："不去！"我们实在没办法就去搬救兵——邻居张大爷，他在村里德高望重，父亲对他很是尊重。

张大爷语重心长地说："孩子们你们知道吗？你爹不去的原因有两个。一是怕花钱。我们都是从苦日子里过来的人，一辈子省吃俭用，勤俭节约，没舍得往自己身上花过一分钱。一检查就得花钱吧，你爹哪舍得呀，虽然花的不是他的钱，但也是你们辛辛苦苦挣来的，他心疼呀！这二来呢，你爹怕影响你们的工作。"

张大爷说，因为我们姊妹四个都在外地上班，平时工作很忙，如果父亲要治病，肯定都要请假回来照顾他。父亲曾经对他说过："有啥事我也不跟孩子们说，自己去药铺瞧瞧，拿点儿药吃就行了，跟孩子们一说就成大事了。你看吧，他们都得跑回来围你跟前，忙前忙后的，耽误了他们上班。所以有事千万不能跟孩子们说。"

最后，在张大爷的劝说下，父亲还是跟着我们去做检查了。到了医院，做CT，抽血化验。做完全面检查之后，医生说："有病一定要及时检查，不要老以为没事，大事都是由小病引起的。你原来的慢性支气管炎如果及时治疗，也不会发展到现在的重度肺气肿。"

办理完住院手续，父亲跟我们约法三章："你们该上班的上班，该忙的忙，不要请假。你们谁要是请假过来，我立刻拔针走人。"我们点头应允着，泪水早已模糊了双眼。

可怜天下父母心，一辈子都在为子女着想。小时候，我们病了，父母经常对我们说："乖，听话，把药喝了。"现在，该我们对父母说了："乖，听话，有病咱得治。" 养儿防老，用得着孩子们的时候了，就让孩子们去尽孝。

母亲的手蒸月饼

又是一年中秋时。中秋节即将到来，月饼便成了中秋节日美食中必不可少的食品，它隆重登场，浓郁地装点着节日的气氛。超市里、商场中，甚至街道边，各色各样的月饼琳琅满目，品种繁多，再加上精美绝伦的包装，很是引人注目，汇成了中秋佳节一道亮丽的风景线。

然而在这些各种味道的月饼中，我还是觉得母亲的手蒸月饼最好吃。那是能够打开我的味蕾记忆的最好的月饼。一到中秋，我的眼前就浮现出母亲的手蒸月饼。

小时候家里穷，买月饼是一件奢侈的事情。母亲为了能让我们姊妹几个吃上月饼，便在中秋节的前一天为我们蒸月饼。母亲把提前发酵好的白面揉成团拿到案板上，然后反复地揉面，直到白面光滑圆润，白白胖胖，再把面团用布盖上等一会儿，母亲说这叫醒面，这样，蒸出来的月饼会柔软香甜。醒完面后，母亲就把面切成一个一个的小圆球，然后用擀面杖擀成大圆饼，里面再包上提前调制好的豆沙馅、红枣馅等，包好之后拍成圆饼，放到一个圆形的月饼模子里一按，一个带有精美图案的圆月饼就成形了。但是因为我们只有一个月饼模子，不同类型的馅没法区分，母亲就拿着刀在每个成形的月饼上刻上不同类型的花边来区分，我们姊妹几个拍着手叫好，欢喜地分着谁要哪几个。

母亲把灶台收拾好后，把月饼摆上锅，然后吩咐我们几个赶紧去烧火。我们几个便争先恐后地往灶台赶，有的点火，有的抱柴火，忙得不亦乐乎。不一会儿，锅里已是蒸气四起，满屋氤氲。月饼的香甜气味飘荡开来，浸润着我们的心田。月饼出锅后，看着图形精美可爱又白又胖的月饼，我们早已经垂涎欲滴，都在找着自己想要的月饼，迫不及待地送到嘴边，一边吹那冒着的热气，一边咬着那香甜的月饼。母亲嗔怪着我们说，别那么着急吃，小心烫着嘴了！我们哈哈大笑起来，笑声传遍了家里的每一个角落。

记忆中，中秋节一般会赶在秋收的时候。还记着那年我在外地上初中。中秋节放假回家，家里没人，邻居王婶说父母都在地里收玉米。我便把行李放到家，赶紧去地里帮忙收玉米。一直到暮色四合，我们才从地里回来。母亲说，明天就是八月十五了，今天我们要蒸月饼。于是我就帮着母亲揉面蒸月饼。月饼包好了，母亲说这次我们来点儿特别的。她出去了一会儿，手捧着一撮我叫不上来名字的小草回来了。那小草类似于蓖麻，我们家后面的荒地上到处都是。母亲把草上类似于蓖麻头的东西按在月饼上，一个漂亮的图案就出来了，每个月饼都被以不同的排列组合形式按上图案，以便区分不同的馅。月饼出锅后，我们吃着香喷喷的月饼，一切劳累都消失殆尽。

如今，条件好了，各式各样的月饼都可以买得到。但母亲那手蒸的月饼一直是我记忆中的一抹香甜和温暖。

妈，我嫌这个不好

假期我去南方游玩，给父母买了一个乳胶床垫。据商家介绍，这款乳胶床垫功效多多，不仅可以改善睡眠、缓解疲劳、促进血液循环，而且还对神经衰弱和腰椎间盘突出等有一定疗效。这些都很对父母的症状，父母上年纪了，身体都不太好，也常常睡不好觉，看到他们休息不好而头疼时，我很是心疼。于是我毫不犹豫地给父母买了一个乳胶床垫，尽管价钱有些不菲。

床垫是买了，但如何送给父母是一个大难题。父母非常反感我们给他们买东西。父母是从苦日子里过来的人，一辈子省吃俭用惯了，很是节俭，不让我们姊妹几个给他们买东西，不管是谁给父母买东西都要遭到一顿数落。尤其是父亲，他常说：“你们谁也别给我买东西啊，家里什么都有，什么也用不着，不要花那些冤枉钱，省着钱你们自己用吧，不要再给我们买东西了。谁再买了，我就给你们扔街里去。”父亲可不是说着玩的，他可真往外扔。我和姐姐都喜欢给父母买衣服，买一次被父亲数落一次，买的次数多了，就把父亲给惹急了，拎着衣服就扔到了门外，还训斥着我们说：“你们买的衣服我都能开服装店了。都这把岁数了，还有啥讲究的，衣服不脏不破，干干净净的就行了。净瞎找事。”吓得我和姐姐从那以后再也不敢随随便便给父母买衣服了。

给父母买健身用的花哨东西就更别想了。哥哥从外地回来给父母买了一把按摩椅，遭到父母一顿数落，说这洋气玩意儿都是骗钱的，也就年轻人买吧，要是换作他们，倒给钱都不要。虽然父母嫌我们买了，但我知道他们是不舍得我们花钱，其实他们还是蛮喜欢的。母亲把按摩椅当宝贝似的呵护着，隔三岔五地躺上去，舒散舒散筋骨，抖擞抖擞精神，很是开心呢！但是不管怎么样，父母还是下了将军令：以后不能再买这样的东西，否则就要扔街里去。

我知道父母的犟脾气，说不要是真不要。但是既然给父母买了，就总得让他们知道。所以尽管我非常委婉地、小心翼翼地把买床垫的消息告诉父母时，还是遭到了一番暴风骤雨般的训骂：“就知道花钱，不知道勤俭过日子。买那玩意儿干什么？我们以前都是睡土炕，连个床都没有，甚至几块木板拼在一起，下面垫些砖，就是一张床，那我们也睡得好好的，这不也照样过来了。现在的日子好了，能睡在舒服的大床上面，这在以前连想都不敢想的。可你们还不知足，还要买什么乳胶床垫，真是好日子过惯了不知道珍惜。我们不要，你们留着用吧，别送来啊，送来了也给你们扔街里去。”

买了床垫却送不出去，这可怎么办呀？不行，我不能硬碰硬，我得想个迂回的办法把床垫送给父母。我知道他们是心疼钱，更舍不得我们为他们花钱。于是我故意让姐姐给父母传口信说，我那个床垫买后悔了，一点儿也睡不惯，嫌床垫不好就搁置起来了，一直没用，在家里占着地儿还碍事，不知道怎么处置呢！

果然不出我所料，母亲给我打来电话说："你那个床垫睡着还舒服吧？"

"不好，一点儿都不好。家里也没地儿放，我正准备扔了呢。"

母亲嗔怪着说："好好的东西扔什么！你们要真不想用，就给我们拉来。"

噢耶！计划成功，我很顺利地把床垫送给了父母。父母睡过后开心地说："这床垫睡着很舒服呀，不软不硬还很有弹性，我们很快就入睡了，睡眠比原来好多了。"

看到父母神清气爽的样子，我的心里乐开了花。

不要让打电话代替回家

每次给母亲打电话，母亲总是说："家里一切都好，不要挂念。你们都很忙，把工作干好，不要老想着回家。"听到母亲一切安好，我也就放心了，也就心安理得地不着急回家。由于平时工作很忙，我没有时间回老家看望母亲，只能通过打电话向母亲问好，并了解母亲最近的一些情况。

这次出差路过老家，我顺便回去看望母亲。为了给母亲一个惊喜，我提前没有打电话。可进了家门，空旷的房间里没有人，喊母亲也没人应声。咦，这大冷天的，母亲能去哪儿呢？我走出门口，正好碰见邻居李大婶。她热心地说："哎哟，你可回来了，你娘都输三天液啦，现在还在卫生所输着呢，你赶紧去看看吧。"我开上车一边往卫生所急驰，一边给母亲打电话，电话那端传来母亲亲切的声音："我好着呢。家里没事，你放心哈，有事儿我就给你打电话了。啥？我现在在哪儿？我现在正在家看电视呢。"我挂断电话，一踩油门，到了卫生所的门口。

母亲正打着点滴，脸色暗黄，身体虚弱。见我进来，母亲一怔，惊喜地问：“你怎么回来了？”我转过身，抑制不住的泪水吧嗒吧嗒地流下来，打湿手背。母亲说：“没事的，就是身体没劲儿，输点儿液就精神了。”医生说母亲身体有些虚弱，天一冷，一降温冻着了。但她很坚强，总说自己没事，也不让告诉我们，说孩子们都忙，怕我们挂心。这就是母亲电话里所谓的“一切都好”？我的心碎了一地，因为自己的幼稚与天真。

可怜天下父母心。母亲怕我挂念，虚报实情，说一切都好，是为了让我放心。其实她何尝不想让我回来？她何尝不想看到我？她何尝不希望我能陪伴在她的身边？可是为了孩子们，母亲独自承受着寂寞与孤单。

从那之后，我不光给母亲打电话，还经常回家打探虚实。我与母亲是知彼知己。母亲在电话里也不好意思再向我隐瞒什么了，总是笑呵呵地说：“你这跟情报员似的，隔三岔五回来打探情况，我还敢骗你吗？你要真不信就回来看看。”

有人说世界上有一种最美丽的声音，那便是母亲的呼唤。其实，母亲是盼着我们回去的。

一天，同学在微信群里发消息：“你有多长时间没回家了？元旦将至，记着给父母打电话哟！”马上有很多人接龙：“我好长时间没给家人打过电话了。”“我打电话了，父母说没事，我也就放心了。”“我电话倒是打了，但是好长时间没回家了，心里老想着父母是不是如他们电话里说的那么好。”我立刻回复：“电话要打，家更得回。亲情不能等！”群里顿时喝彩声一片，大家纷纷点赞。

如今通信网络方便快捷，一个电话便能和家人通上话，但是老人报喜不报忧，不要总是相信父母的平安电话，找点儿时间，找点儿空闲，有事没事常回家看看。

千万不要让打电话代替回家。

饺子里的爱

小时候，我们天天盼望着过年，因为新年到了就可以吃饺子了。长大后，我却害怕过年，因为过年时我们都愁眉苦脸的。再后来，我又天天盼着过年，因为过年时我们的饺子里盛满了浓浓的爱。

吃现成的饺子还是在无忧无虑的孩童时代，父母把鼓着大肚子的饺子端上饭桌，我和弟弟狼吞虎咽地吃着，欢快的笑声在四处荡漾开来。可是到我上初中时，诚实忠厚的父亲被合作商骗了，对方席卷资金逃得无影无踪，父亲投入的全部家产也都血本无归。面对着困窘的生活，父亲只好选择了外出打工，可他去的地方很远很远，据说是在非洲的一个小岛上。这就意味着父亲不能常回家来。

岁月的痕迹在季节的更迭中悄然拂过，雪花飞舞，银装素裹，一个冬天又一个冬天，一年又一年。日日盼，夜夜盼，年年盼，盼着父亲那高大的身影能出现在眼前，可六个年头过去了，流水落花春去也，不带来一点儿喜色。醒来是梦，父亲始终不曾出现。

在这六年中，我最害怕的就是过新年。一到了新年，家家户户都合家团聚，喜气洋洋，而我们家里却冷清寂寞。母亲始终不言语。眼睛肿得像桃子。我和八岁的弟弟，你瞅瞅我，我瞅瞅你，谁也不敢吱声。但是饺子还是要包的。母亲在案板上和好面，我和弟弟给母亲打下手。一开始我擀集子（农村俗语，称饺子皮为集子），后来我也学着包饺子。尽管母亲告诉了我包饺子的方法，可我老是包不好。母亲好像也是心不在焉，从她手里出来的饺子被凌乱地扔在亭子盖上，再加上我那不成型的作品，整个亭子盖上的饺子犹如打败仗的逃兵，一盘散沙。饺子们看起来酷似一张张哭泣的脸庞，一如母亲的脸。

所以，我害怕过年，害怕听到邻家的欢声笑语，害怕看到母亲那桃子似的眼睛，更害怕看到那哭泣的饺子……

秋去冬来，又一个冬天挟裹着寒冷来临了。在一个大雪纷飞的日子，我们日思夜想、天天盼年年盼的父亲终于回来了。全家人拥抱在一起，融化了冰雪，融化了寒冷，融化了飞舞的雪花。

从此我们家里又恢复了以往的热闹和欢喜。过年时，母亲愉快地哼着小调，眉开眼笑地包着饺子，父亲则把饺子整齐地摆在亭子盖上，如排兵布阵，很有规矩，横看、竖看、斜看都是一条直线。饺子们挺拔地站立在亭子盖上，气宇轩昂地看着这个世界。“看，饺子在冲我们笑呢！”弟弟手舞足蹈地打趣道。我们都笑了，饺子也笑了，笑得那么开心，那么灿烂，那么舒畅，好像要把憋闷了几年的笑声全部爆发出来……

而后过年，我又天天盼。盼着新年欢天喜地的到来，盼着咧开嘴笑的饺子，盼着全家相聚的温情暖暖……

娘在北京打工

年过花甲的娘，不听我们儿女的劝阻，非要去北京打工。我工作很忙，不能去北京看娘，只能每天电话联系，恰巧现在有机会去清华大学学习，我心中狂喜，终于可以见到娘了。

一路颠簸来到清华大学。我右手拉着行李箱，左手提着一个大包，身上还背着一个大包，从西门一直往东走，走了很远，到了二校门清华园，然后向右拐直走，到邮局路口再向左拐，去照澜院服务楼二楼报到。楼上楼下地跑了一通，安顿好后，我顾不上休息，就上气不接下气地拖着疲惫的身体，背着给娘带的东西，步行很远走到清华大学西门口，准备去找娘。

娘没上过学，斗大的字不识一个，也没出过远门。电话里娘也说不清楚自己具体是在什么地方，更不知道乘车路线。我买了一张地图，认真查看了下，边走边问，终于知道娘就在地铁10号线车道沟站附近。

我打电话告诉娘，让她去地铁车道沟站B口等着，我马上到。我从4号线圆明园地铁站换乘10号线，到了车道沟站。坐着高高的电梯，刚出地铁口，我就看到了娘。娘穿着一件橘红色中间有两道荧光色的马甲工作服。我紧紧地拥抱了娘。

娘蹲下来，从脚边的布包里拿出洗干净的西红柿，一边让我吃一边说着："知道你好不吃饭，把西红柿吃了，这儿有一袋纯牛奶，还有一瓶矿泉水。"我吃着西红柿，喝着娘递给我的水，又喝了一袋牛奶。也是的，我从早晨五点半上车，到现在还没吃饭，真饿得前胸贴后背了。我把给娘带的几件衣服和一些常用药递给娘。娘一直体弱多病，常年吃药。娘说："现在那边正干着活哩，我正浇树呢，刚才来时托付给你一个大爷了。你走吧，我得干活去。"我知道娘干活很实在。但我想把东西给娘送回宿舍再走。

"娘，你住的地方离这儿远吗？我帮你把东西送过去。"

"不远，就在前面。"娘指着附近的高架塔说。

我让娘带我去她宿舍。穿过高低不平的大草丘，远远地，我看到门口插着两面红旗。这是一个四方小院，一圈白漆粉刷的简易房坐落其中。二十来平方米的小屋里，错落地交织着十几张上下床铺。有几张空床上凌乱地堆放着一些东西，酷似二十年前我上学那会儿的集体宿舍。我帮娘整理好东西。床铺之间的缝隙不太宽。我看娘过的时候有点儿碰头，就叮嘱娘一定要小心。

娘要我回去，她要往工地上走了。我要跟着去，娘说工地远，不让我去了。但我硬要跟着她去。工地确实不近。先要走很远的路，还要爬过两座天桥和一座水上桥，然后再穿过四条马路，这才到了工地。这是南长河公园。娘的任务是给高低不平、连绵起伏的草坪和树木浇水。

娘见公园的栅栏门开着，忙把一扇能活动的栅栏往对面拉过来，然后用一根铁丝拧住，边拧边说：“管事的说了，这儿不能随便进人。”

“娘，别太认真了。”

“这可不能马虎，管事的说过的事，我必须做好。”我知道娘的脾气，一股子实干劲，偷个懒都不会。娘指着前面小路两边一望无际、高低不平、连绵起伏的大草丘说：“今天，我要把这些都浇完了。”

娘跟正在浇水的大爷道过谢后，便走到一个抽水的发电机前。娘说这个发电机是从她住的地方运过来的，娘得往车上搬，还得从车上往下卸，几百斤重的东西，娘得跟人说好话，求人帮忙一块儿搬。娘利索地关掉电闸，然后猛地一弯腰，两手分别提起一卷浇水用的大宽塑料管，向前面走去。我赶忙跑上前去替娘提一个。塑料管好重呀，最少得有十几斤吧。娘把水管接好，把长龙似的水管带展开，再回去把发电机电闸推上，然后再跑回来，双手托起水管带，站在草坪上，开始四处浇水。

娘边浇水边要我走。我看着娘不忍离去。“走啊！”娘催我。

我回过头看，娘正站在草坡上双手举着大粗水管带来来回回地浇着树，又一路小跑到发电机处，浇好后拖起一卷水管，一路小跑到发电机处。看着娘远去的背影，我鼻子一酸，眼泪止不住地流下来，我赶忙用纸巾揩掉。

看到几个年轻人在公园里照相，我心里想：你们在欣赏的园林美景是我娘的劳动创造的，是由像我娘这样的一大批工人用辛苦的劳作换来的。以前到了每个景点都喜欢拍照留念的我，现在却无心照相了。我的心里像打翻了五味瓶，很不是滋味。说句实在话，以前我是有点儿瞧不起娘的。我甚至暗笑娘迂腐、没文化、没见识。有些事情，我从心里不服娘，甚至跟娘大吵。但现在从娘果断坚毅地提起水管带的背影，我看到了一种不畏艰辛、认真负责、辛勤劳作、任劳任怨的工作精神，我终于知道了，我通过努力所取得的一项又一项的国家级成果，都是娘给我的呀！

娘是六十多岁的人了，还在为北京的园林建设默默地奉献着自己。娘举着大粗水管带认真浇树的身影深深地定格在我的脑海中，激励着我奋勇前行！

给爸爸过父亲节

翻开日历，爸爸生日那天正好是父亲节。我惊喜万分。这下太好了，爸爸终于可以过父亲节了。

我第一次给爸爸过父亲节还是在上大学时。当时，我在一本《少男少女》杂志上看到父亲节赠送礼物的活动，我就参加了。果真，爸爸在父亲节那天，收到了广州《少男少女》杂志社寄来的精美礼品——一张带有编辑部所有成员签名的祝福贺卡。爸爸收到礼物心里乐开了花。

后来，我参加工作，在距家八十多里外的学校教书。每次我张罗要过父亲节，爸爸就会说："过那节日干什么？你们工作都那么忙，不要来回跑了。"是的，我工作很忙。班里一百六十多名学生的性格、特点、脾气、爱好，我都了如指掌。每个学生发生什么情况，我都会在第一时间发现并解决。可是父亲，我却忽略了他。尽管每天一个电话，我却无法弥补全家团圆的空缺。

每年到了父亲节，我都要电话问候一下。爸爸都会乐呵呵地说："没事，我啥事没有，你们踏踏实实地干好工作，不要老想着回来……"可是，妈妈说，每次挂了电话，爸爸都会静静地待上半晌，像丢了魂似的，沉默不语。

这次父亲节，正好是爸爸的生日。我们儿女可以名正言顺、理由充足地给爸爸过一个开心的父亲节了！打电话给爸爸说此事时，他依然满不在乎地说："唉，过那节日干什么？你们别光想着回来，家里没事……"

可是妈妈告诉我们，挂了电话，父亲却像小孩子一样哼着小曲儿去集市上买我们爱吃的东西去了。此后，爸爸每天都要精心打扮一番，还时不时照照镜子，自得其乐地笑几声。我的眼睛顿时湿润了。我知道，爸爸在期盼这一天的到来。父母需要我们的陪伴。我看过的一个公益广告中的情节还历历在目：老人精心准备了一桌可口的饭菜，期待着与儿孙们团圆，共享美餐。就在这时，电话响了。老人满怀希望地接起电话，电话那头的女儿却说："妈，今晚加班，不回家吃饭了……"然后小孩子又打来电话："奶奶，我们有活动，不回家吃饭了……"一脸失望的老人空对一桌丰盛的饭菜，暗自伤心落泪……

老人是多么期盼儿孙绕膝，合家团圆啊。是父亲节给了爸爸希望和等待，是儿女的牵挂给了父亲安慰和寄托，是全家团圆给了父亲精神力量。

"回家，回家，回家是最好的礼物……"耳边又响起了熟悉的乐曲……

我们要多回家陪陪父母，把每一天都过成父亲节、母亲节！

帮老妈设置报警器

老妈六十多岁的人了，上了年纪，记忆力也在逐渐减退，这段时间总是忘这忘那的：要么是出门忘了带钥匙；要么是买个菜把手机落在菜摊上；要么是刚刚放好的东西转眼就忘了在哪儿了；要么是从超市买好东西，钱付了，可东西却忘了拿；要么是手里明明拿着这件东西，可还在到处找。最让人担心的是，她做饭时竟然忘了关掉天然气，幸亏发现得及时，没有酿成大祸。

周末我回家看父母，一进门，妈妈就像个做错了事的孩子似的跟我说："唉，真是老了，不中用啦！我早晨起来往太阳能热水器里加水，可是却忘了关了。一直到中午才想起来，这得白白地流掉多少水呀！"

见老妈那么伤心自责，我决定帮帮老妈。可怎么帮呢？我又不能天天守在老妈身边。我平时工作很忙，只能在周末抽时间回家看看。突然，一个办法在我脑海浮现。有啦！我可以帮老妈设置报警器呀。利用现在的智能手机就能搞定。我先用手机录音，把老妈每天常做的事都设置成报警提醒，如“上水时间到”“水已烧开，请关火”“出门记着带钥匙”等。然后我又根据老妈的作息时间和生活规律把这些录音设置成了不同的时间报警音响。比如，早晨七点会响起：“请给太阳能热水器加水。”七点半会响起：“水已上满，请关水。”上午十一点半，报警会自动响起：“午饭时间到，请做午饭。”十二点十分又会响起：“饭已做好，请关火。”这下子大大方便了老妈，老妈乐得合不拢嘴。

因为还是不放心老妈的“实战”技能，我破例在周末的前一天回到了家。老妈兴高采烈地说：“你还别说，这个报警器呀省了我很多心呢。它可帮了我的大忙了，我只需按照提醒该干啥干啥，再也不用担心水会外流，锅会烧坏啦！”老妈正兴致勃勃地说着，突然报警器响起老妈的声音：“明天是周末，闺女就要回来了。赶紧去超市买闺女爱吃的鱼和排骨吧。”

我猛然一愣。老妈不好意思地解释着：“这是我自己设置的报警器。知道你周末要回来，就把东西提前准备好，等你回来就能直接吃了。今天你提前回来了，我现在就去买。”

我转过脸，抑制不住的泪水不争气地打湿了手背。

不知累的老爸

我的老爸已年过花甲。尽管岁月的风霜无情地在他脸上划下了道道印痕，但那双炯炯有神的眼睛里，始终闪烁着诚挚、智慧而又深邃的光芒。

爸爸很认真。他干事有一股子钻劲和韧劲。村里人说他“干啥啥中，弄啥啥行”。记忆中，爸爸经常去外地，走南闯北，见多识广。爸爸做羊绒生意时，走访各地，做调查，进行分析对比。他去新疆一待就是两三个月，还去哈萨克斯坦等国进行实地考察。大量的经验积累，使他从一个门外汉跻身于羊绒专家的行列。随便给爸爸一根羊绒，他就能详细、准确地说出它的品种、特点和质量。爸爸经常教育我们，做事情要专心致志、脚踏实地、精心研究。由于爸爸的认真和执着，生意做得如火如荼，当时，他是我们当地叱咤风云的人物。

爸爸很简朴。别看爸爸生意做得得心应手，可他却省吃俭用，从不舍得为自己花一分钱。他从来没有给自己买过一件新衣服。现在更是只穿我们穿过的衣服。谁要是给他买了新衣服，准会受到他的一顿数落：“买什么衣服啊，净瞎花钱。我现在的衣服就多得穿不了，一天换一件也穿不过来，你们要是再买了，我就扔街里去了……”父亲做什么事都计划着花钱，从不铺张浪费。从苦日子里过来的人，什么都不舍得扔。

爸爸很勤劳。常有人问爸：“这么忙干啥，就不能歇会儿？”

爸总会笑着回答：“现在不行啊，任务还没完成呢！等什么时候俺小燕也成家立业了，我就该歇着了。”

我在家排行老小。如今我的儿子都九岁了。可爸爸却还是闲不下来。他养起了羊。每天放羊、喂羊、捡树枝、捡树叶，成了爸爸的必修课。在爸爸的精心养育下，我们家的羊由五只发展壮大到了几十只的羊群队伍。爸爸每天忙得不亦乐乎。冬天，爸爸赶着一群羊，在我家后面的大坑沟里看着羊在散落的树叶堆里或垃圾堆里找东西吃。呼呼的北风吹乱了爸爸稀疏的头发，冰冷的寒气冻红了爸爸布满皱纹的脸颊。大坑沟因经常被挖土，形成了高低不平、连绵起伏的土疙瘩。爸爸就在这些土疙瘩上费力地爬上爬下，一想到爸爸那佝偻的身影，我的双眼就被泪水模糊了。

父之美德，儿之遗产。

爸爸用大写的人格和优秀的品质给我们儿女树立了良好的典范和榜样。如今，我们姐弟都在自己的岗位上兢兢业业地工作，我们干得很用心，很卖力，很出色。可是爸爸却老了。就像梁晓声所写的：“父亲，不再是从前那个身强力壮的父亲了，也不再是那个退休之年仍目光炯炯、精神矍铄的父亲了。”父亲那曾经乌黑厚实的头发已镀上了层层白霜；曾经容光焕发的面庞已经布满沧桑；曾经挺拔笔直的身体也已瘦弱弯曲；曾经宽大饱满的手掌也已干瘪无力……

老爸勤劳、善良又纯朴，含辛茹苦、历尽艰辛把我们姊妹几个拉扯大，如今我们儿女都已成家立业，事业有成，您老该停下劳累的脚步，好好歇歇啦！

一个芒果里的爱

在学校上完课已是晚上九时许。秋天的夜已然有了些许凉意。街上华灯闪烁，人流显然已经没有前几天多了，偶见三三两两的农民工坐在露天的小吃摊上，传来含混不清地欢声笑语，消释着一天的疲惫和劳累。

我走到小区门口看到一个卖芒果的，旁边的一辆大卡车上堆着半车的芒果。

卖芒果的人一手拿着黄色的芒果，一手拿着水果刀，冲着大家边喊边演示："大家过来瞧一瞧，看一看了啊，新鲜的泰国大芒果来了啊！错过这村就没这个店了呀，赶紧尝一尝来买了啊！"他边说边用水果刀麻利地将芒果切成两半，然后再划成一个一个的小方块让围观的人品尝。那汁多肉厚、香甜味美的芒果让品尝的人都意犹未尽，欲罢不能，但一问价钱，十五元一斤，大家都咂舌摇头嫌太贵！

我假期去珠海、桂林游玩时，那里的青芒才四元一斤，若是买多了更便宜。我在家里的市场一直都没有找到我在南方吃过的那种芒果，如今又碰上，真是欣喜若狂，可是一听这价钱，我也觉得有些贵。

有几个想买的人正在急切地跟卖主砍着价儿，可卖主就是咬住了价儿不松口。这时偶尔有开车路过的人下车买上几个走了。

“一个芒果，卖吗？”人群里突然响起一个男子的声音。

循声望去，一个熟悉的面孔映入眼前。原来是他！他是我们学校旁边一个建筑队的工人。我上下班的时候经常会碰到他。他五十开外，一身磨损得脏兮兮的工地装，头发有些泛白，脸色暗红，一双炯炯有神的大眼睛流露着朴实与真诚。他吃苦耐劳，不怕脏不怕累，什么活都干。酷暑时节，他不停地提着水泥包上下输送，皮肤被骄阳炙烤得黝黑通红，身上汗如雨下，嘴唇干裂，可他却舍不得买瓶水喝，而是拿起一个盛食用油的大塑料壶灌上自来水，举到嘴边咕咚咕咚地喝一气。他吃饭也没个点儿，有好多次我从学校上完晚自习回来，看到他在街边捡着最便宜的饭菜吃。可现在他却在这里买芒果，真是大大出乎我的意料。

“行啊，一个也卖呀！”卖芒果的人机灵地回答着。于是这个男子在芒果堆里挑选，小心仔细、翻来覆去地察看着拿到手里的芒果，最后终于选了一个自己认为不错的芒果放在了秤盘上。

“十五元。”卖芒果的人利索地说。

“一个芒果十五元？”周围的人惊叹。

可男子二话不说，从裤兜里取出一沓一元的零钱，里面还夹杂着五角的零钱，他认真地数够了钱，双手递给那个卖芒果的人。

周围有人不解地问道：“十五元一个芒果，你也不嫌贵？”

男子憨憨地笑着说：“买给闺女的，她在外地上学，放假刚回来，她就喜欢吃这个。”

我鼻子一酸，不争气的眼泪涌了出来。

有一种爱完完全全没有自我，可以不计得失，不计价值，不计付出，不计收获，为了亲爱的孩子，他什么都舍得。

一个芒果里的爱有谁能数得清呢？

我牵挂的孩子啊，长大啦！

孩子的家长会上，有一个小插曲，是孩子们为家长准备的三个节目，其中一个节目是儿子跟同学表演的相声。看着两个孩子声情并茂、绘声绘色地表演，我的眼泪就来了。相声表演得很成功，博得家长们的热烈掌声。这时，班主任袁老师说了一句："这次的节目准备时间很短，一开始没有列入家长会的议程里，昨天上午才有这样一个想法，然后就让孩子们自愿报名参加。到今天上午也不过就一天的时间。"是的，而且这一天的时间里孩子们还得上课、学习、做作业，只能利用零碎时间排练。

正好赶上周末，开完家长会，家长就可以把孩子们接回家了。路上，我问儿子，这么短的时间怎么能记住这么多词？儿子说昨天中午没午休，今天早晨又早起了半个小时……儿子还潇洒地说了一句："送你的礼物！"突然，我的双眼被泪水模糊了。我给儿子点赞叫好，并鼓励儿子说：“你真棒，妈妈相信你是好样的！”

儿子刚上初一，已进入青春期，让朝东偏朝西，让打狗偏撵鸡，当年那个形影不离妈妈的孩子不见了，如今站在我面前的是个头比我还高的大小伙子，我一下子在孩子心目中失去了分量，我也一下子失去了平衡。为此，我也没少跟儿子叨叨嘴，言语相激，吵骂训打，甚至也拳脚相加，可迎来的却是儿子泛红的双眼和怒气委屈的脸，换来的只是儿子更加远离我。但是有一点，不管儿子有多生气，他从来没有跟我顶撞过，也从来没有摔门把自己关起来，最多也就是保持沉默。

我从有关心理学的书籍上看到过，孩子在叛逆期面临着学习和成长的压力，家长不应该着急，应该跟孩子和平相处，于是我试着与孩子和平相处，慢慢地，孩子也缓过来了，渐渐地又跟我亲近起来。我及时地跟孩子沟通交流，让孩子健康、快乐、阳光地成长。

不得不说，儿子还是很让我省心的，生活上不让我操心，学习上也很主动，而且还看很多课外书，尤其痴迷于历史地理，掌握了相关方面的很多知识，有很多东西我都不知道，还得向他请教。上了初中后要住校，两周回来一次，但就是这仅有的两天周末时间，孩子也是遨游在题海和书籍中，我们本想带他出去散散心，可孩子却没有时间……

有时我们家长可能太过于心急，给予孩子过高的要求，引得孩子逆反抗拒。我们要放开手，让孩子慢慢来，做最好的自己……

班主任在微信上对我说：“你家孩子很优秀，也很懂事，他很在乎你。”随后班主任给我发来一篇孩子的作文，作文中这样写道：“我对妈妈的爱没有写在表面，而是刻在内心深处，我可能在无意中伤害了妈妈，但是我会加倍去弥补的……”

生日礼物

我在清华大学进行了为期两周的培训学习。回到家后老公从床头柜里拿出一张画。

这是一张简单的条格作业纸，上面画着一幅稚嫩而又多彩的画。画上有欣欣向荣的黄色的太阳花，生机勃勃的绿色的小草，朦胧的远山和树木，潺潺流动的蓝色的河水，还有情趣盎然的村庄和正在觅食的红色的小鸡……画的正中间是用彩笔写的“生日快乐”四个大字，再往下，在太阳花的顶端有一个方框，里面写着四行相同的字“祝爸爸生日快乐”，在右边还配上了小花边。

我的眼睛顿时湿润了。老公由于工作原因，经常出差在外。前几天他在外地过生日时，我正在清华大学学习，孩子暂时寄养在我大姐家。在妈妈不在身边、爸爸也不在身边的日子里，儿子还记着给爸爸过生日，还记着给爸爸送生日礼物。我不知道儿子是在什么时候画的这一幅画，是在中午放学，还是在晚上睡觉前？抑或许是在黎明十分的被窝里？但我可以想象出孩子在这幅画中寄托的真挚情感和美好祝愿。

我是一名英语教师。丈夫经常不在家。我一个人带着八岁的儿子，又得忙学校忙学生，又得管家里带孩子。工作、家庭的重担都压在我一个人的肩上。我经常忙得手脚不停，喘不过气来。很自然，孩子就成了我的出气筒。

我没有心平气和地对孩子说过一句话；没有耐心地听他讲过学校的趣事见闻；没有陪他写过作业；没有陪他玩过；更没有心情与他沟通交流。我对孩子说的话，除了吵就是训，要么就是打，嘴到手到，拳脚相加。

早晨，我六点之前就去学校上晨读课，把他一个人扔在家里，任凭他哭喊，我也不得不狠心地把门“哐”地关上；七点我上完早读回来，赶紧做饭，八点之前我还得赶到学校上课，所以，任凭他再三哀求，他都不得不自己走着去三里地远的学校上课；晚上，我去上夜自习，又把他一个人扔在家里。多少次孩子用祈求的眼神看着我，哀求道：“妈，我害怕。我想跟着你。别把我一个人扔在家里。我听你的话，你让我干什么，我就干什么……”

“不行！”我厉声呵斥道，紧接着就是“哐”的一声，关门而出。

从学校回到家，我累得什么都不想干，甚至洗衣服的活儿都落到了儿子身上。一开始，他也不知道自己洗，后来，我连训带骂，他也就习惯自己洗了。大姐对我夸赞孩子说：“这么小的孩子，独立性真强，早晚主动洗漱，饭后还要帮我刷碗。衣服脏了也要自己洗，不需要我帮忙。我省心着呢，就给他做点儿饭，别的啥都不用管。”大姐羡慕地接着说，“你姐夫说，这孩子现在已拿出了高三学生学习的劲头了。吃饭时，凉饭的功夫，也能做出三道数学题来。早晨六点就起来了，一个人看作文书，晚上，都是我催着要关灯了，他还央求着要再看一会儿……”

想到这些，我的内心深处隐隐作痛。孩子，妈妈对不起你。妈妈现在也是桃李满天下了。清华、北大都有了我的学生。可妈妈把爱、耐心和关心都给了我的学生们，对你，却没有过好气儿。但是，我很骄傲，我的儿子品学兼优，屡获表彰，从没有让我失望过。

现在，我试着耐下心来，心平气和地跟儿子沟通交流。他便开始打开话匣子，讲起他的故事。我这时才明白，孩子小小的脑瓜里，竟然装着那么大的学问，那么深的真挚情感。原来孩子说的话，是那么有道理，那么有内涵……

孩子的世界里，一切都美！

哭泣的雪花

“奶奶，雪花什么时候能不哭啦？”五岁的小孙子望着窗外纷纷扬扬的雪花，充满期待地问奶奶。

“雪花马上就不哭喽！因为雪花知道宝儿的爹娘快要回来喽！”

“是真的吗？奶奶说下了大雪我爹娘就会回来了。可现在我爹娘为什么还不回来？”

孩子水汪汪的大眼睛清澈透明，眼眶里有闪亮亮的水珠在滚动。看着一脸纯真、幼稚、充满渴求的小孙子，老人走上前去蹲下来，把他搂在怀里，早已纵横的泪水悄无声息地打湿孩子柔软发黄的头发。

孩子的爹娘一年前去外地打工了。他们走时经受了一番与孩子别离的折磨。刚开始，爹娘决定跟孩子讲明道理，当面告别离去。娘告诉孩子，她和爹要去外面挣钱，要走一段时间，让他跟奶奶待在家里，要听话要乖，爹娘回来会给他买好多好吃的好玩的东西。可话还没说完，孩子的头就摇得跟拨浪鼓似的，大声哭喊着：“我不要吃的我不要玩的，我只要爹娘。”孩子的号啕大哭让爹娘没能走成。

第二次，爹娘狠下心来，背起行李包就走。可孩子却追着跑到村外，一边追一边哭喊着：“回来，我不要爹娘走。”孩子撕心裂肺的哭喊，让爹娘含泪而归。

前两招都不行，只好偷着走吧。这也是爹娘不愿选择的方式。他们不想在孩子幼小的心灵上留下阴影。但这也是无奈之举。孩子回到家看不到爹娘，便哇的一声大哭起来，哭喊着找爹娘，怎么哄都无济于事。孩子整整哭了一大晌，嘴里念念叨叨，迷迷糊糊地睡着了。醒来后，他接着大哭。就这样，折腾了四五天，孩子的眼睛干涩了。他不哭了，也不闹了。奶奶那颗七上八下悬着的心终于缓缓放下了。这孩子总算过去这个坎儿了。

一天，奶奶见小孙子在一张纸上画东西，便问：“你画的是什么呀？”

“雪花。”

奶奶这才看清了满满的一张纸上画的全是孙子所谓的雪花形状的东西。

“你画这么多雪花干什么呀？”

“奶奶，我娘以前跟我讲过雪花是很神奇的。雪花可以帮助我们。我想告诉雪花，让我爹娘快点儿回来吧。”

老人的心像被刀子戳了一下。原本以为孩子早已忘了的事，却没想到深深地刻在他幼小的心灵里了。他在用自己的方式期待着爹娘的归来。

“那你要画很多天，雪花才能帮你呀。”

“只要爹娘能回来，我画多少都可以。”孩子每天都画雪花，边画边自言自语。

可日子在孩子的期待中悄然无声地逝去，没有带来任何惊喜。爹娘还是没回来。孩子再一次声泪俱下。这是爹娘走后第二次惊天动地的大哭。

“我画了这么多雪花，爹娘还不回来。雪花还是不帮助我。”

奶奶安慰着孙子说：“宝儿，你知道雪花为什么不帮你吗？”

“为什么？”满脸泪珠的小男孩儿强止住哭声，像抓住了救命稻草似的认真地听奶奶说。

“因为雪花在哭泣。哭泣的雪花是不会帮助人的。”

“那雪花什么时候会不哭啦？”

“当天上真正下大雪的时候，当雪花漫天飞舞的时候，雪花就不哭啦。到时候它就会帮助你，让你爹娘早点儿回来的。”老人的眼里也充满了期待。她想象着下了大雪，儿子儿媳总该回来了吧。

于是，孩子天天盼着下雪，可出奇的是，那一年冬天，竟然没有下雪。

日子在四季轮回中不厌其烦地交替着。

孩子依旧每天画着雪花。不同的是他在每片雪花的后面都加了一个哭脸，在每张画的最下面都会画上一片大雪花，在大雪花的后面再画上一个笑脸。

当秋天舞尽了最后一片落叶，又一个冬天挟裹着寒冷来临了。孩子心中期待已久的雪花也终于飞舞人间了。孩子高兴得手舞足蹈，笑容如花一般绽放在他的脸上。可这场雪还是没能让孩子如愿以偿。爹娘没回来。孩子好不容易绽放笑容的小脸又阴云密布，酷似哭泣的雪花。

“奶奶骗人，奶奶说下雪了，爹娘就会回来了。可现在为什么还不回来？”孩子委屈万分地说。

“是啊！你爹娘要回来了。他们已经上车了，只是外面下着雪，挡住了他们回家的路啦！”

孩子一声不吭地跑到外面，从院子里找出他的小铲，开始铲地上的雪。他吭哧吭哧地铲着，不顾纷纷扬扬的雪花把他遮盖成雪人。

老人背着孩子哽咽着给儿子打电话：“你们快回来吧，我没法再骗孩子了。”

孩子每天扫雪，直到第二场雪到来。

爹娘回来了，终于回来了。他们冒雪而归，远远地就看到被裹成雪人的孩子在清扫路面，旁边站着同样银装素裹的老妈妈。

娘紧紧搂着儿子说：“我们再也不走了。”

孩子蹒跚地跑回屋去，拿来厚厚的画满雪花的两个本子，泪流满面地说：“别让雪花哭了，好吗？”那稚嫩而纯真的声音，随着尽情飞舞的雪花氤氲开来，洋洋洒洒于天地间，飘进每个人的心底，舞出一片洁白。

拨开云雾见天日。大雪飘尽，丝丝缕缕的阳光如跳跃的火焰，融化了冰雪，融化了寒冷，融化了哭泣的雪花。

幸　福　感

五一假期，我回老家看望公婆，公婆乐得笑开了花。公公从地里割回了新鲜韭菜，婆婆则忙着和面，准备包包子。我给婆婆展示买来的礼物，婆婆嗔怪着说：“买那东西干啥，竟瞎花钱。”婆婆边说边忙活着，手里一直不停闲。我要帮她忙，却被她摆着手撵开：“平时你们都忙得要命，好不容易放两天假，赶紧歇着去吧。”

大忙帮不上，小忙总可以吧。我端起饭锅接了半锅水放在火炉上，心想着婆婆一会儿蒸包子要用。可婆婆见了笑着对我说，不用火炉蒸。我一愣，不用火炉蒸，用啥？婆婆和蔼地笑着解释说：“这回我们来次纯天然的，用灶火蒸。你们吃火炉上蒸的东西吃腻了，用灶火蒸虽然麻烦些，但要好吃得多，而且还有锅巴呢！”

我跟着婆婆来到东屋里长久不用的灶台前。这是一口镶在泥砖里的大铁锅，下面是一个长方形的灶口，用来添柴火。只见婆婆往大锅里倒了两盆清水，把锅刷干净，再把篦子坐上，铺上粘布，把包好的包子贴着锅边放进去，盖上锅盖，再围上长布袋，然后就开始烧水了。柴火发出哧哧的响声，把锅底映得通红，一如新娘娇羞的脸庞。大约二十分钟后，锅已热气腾腾，婆婆不再添柴火，而是让已有的柴火继续烧着，直到柴火燃成灰烬。锅上的热气一层层冒着，弥漫氤氲，婆婆又去准备下一锅了。

眼前的场景是何等亲切熟悉。记着小的时候，奶奶也用锅台做饭。奶奶的锅台没有这么高档，是自制的简易灶台，俗称“地牿牛”，在平地上挖个坑，围着坑排上两摞砖，再把锅架上去，这灶台就成了。奶奶在这灶台上做的饭可好吃了，柴火堆里还可以烧东西吃，放个红薯呀、玉米呀、鸡蛋呀，一顿饭的工夫就好了。烧出来的东西外焦里嫩，新鲜可口，是现在市场上买不到的。可时光荏苒，那样的美食也只能在似水流年中成为回忆了。

婆婆一锅接一锅地蒸着，汗水在皱纹纵横的脸上欢舞雀跃着。看着婆婆满头的白发、佝偻的身躯、蹒跚的脚步，我的眼泪出来了。我执意要替婆婆烧火。老公也过来帮我，边烧边说：“你上次跟我说很想吃以前的大锅包子，我就跟娘说了。我也就是那么随意一说，可没想到娘还当起真来，真用灶火蒸包子了。”我的泪水再一次打湿手背。看着灶火里红通通的火焰，我的心里好温暖！

吃着大锅里的包子，幸福感涌遍全身。

我要去陪爷爷

八岁的儿子放学一回到家，就兴奋地说：“妈，明天是周末了，我要回老家。”说着，他便给爷爷打电话，跟爷爷约好了回老家的时间和下车的地点。挂了电话儿子就开始收拾书包和衣服。我完全没当回事，儿子准备他的，我忙我的，只听儿子长出一口气，说：“哎哟，终于准备好了。”然后一屁股坐在沙发上看起了电视。

这时，我对他说：“明天不能回去啊。我得上课，不能开车送你回老家。”

“知道你有课，我自己回去。我自己坐公交车走。我已经和爷爷约好了。”儿子坚决地说。

“那也不行。我没时间送你到公交车上。”我厉声说道。

“我自己走着去。”儿子早已想好了似的脱口而出。

“哼，你别逞强了。明天不回去！”我下了最后命令。因为家离公交车站有四五里地远。儿子步行到那儿，谈何容易。我给公公打了电话，说儿子不回去了。

第二天儿子一醒来，就嚷嚷着要回老家。我跟他说不行。见他还是执意要走，我就好言相劝，百般相哄，他才极不情愿地答应了。

早饭后我去学校上课，留他一人在家里。上午最后一节没课，我提前回到家，一进门看到地板上放着一个笔记本，上面压着一个水杯。“这孩子，怎么把东西乱放！”我生气地大喊着儿子。可没人答应。我以为儿子在卧室里玩，可我找遍了三个卧室都没有人。我这才意识到，孩子走了！我赶忙俯身拿起地上的水杯和笔记本，只见笔记本上水杯所压之处，赫然写着几个整齐稚嫩的字：“妈妈，我回家了！”顿时，我心中又酸又痛，不自觉地抽泣起来。儿子没有钱，怎么坐车回家呀？爷爷又不知道他回去。下车后，离老家还有六七里的距离呢！他怎么回去呢？

我突然想起，儿子是步行去的公交车站，他至少得走上半个小时。公交车是半小时发一趟，说不定这会儿儿子坐的公交车还没走呢！想到这儿，我飞奔下楼，驱车直奔车站，心里祈祷着儿子别走。

到了车站，找到去往老家的公交车，我一眼望到了在靠窗户位置坐着的儿子。他背着鼓鼓囊囊的大书包，手里还提着上学时拎的水杯。我上车走到他身边，抑制着泪水，问道：“你有钱吗？”他从上衣兜里掏出几块零钱，正好够路费。我鼻子酸酸的，眼眶热热的。我极力忍住泪水，微笑着说：“走，我们回去吧。今天不回老家了。下周我们再回去。”

可儿子摇着头说：“我要回去。”我已顾不上车里惊讶的人们，任由泪水纵横双颊。儿子执意要回去，我只好依了他。我掏出十元钱给儿子，可他不要，他说他的零钱就够路费了。我硬把钱塞给儿子，并嘱咐他路上注意安全。我告诉他，我会给爷爷打电话，让爷爷去接他。

看着公交车缓缓离去，看着儿子笔直挺坐的背影，我的心碎了。一个八岁的孩子，思乡之情如此之切，说走就走了。这种感情甚至是大人们无法匹敌的。我们在忙碌中一次又一次与回家失之交臂，总是有太多的理由阻挡我们回家的脚步。儿子的果断和坚持让我们汗颜和佩服。

最美小儿思乡情。“回家，回家，回家是最好的礼物！”耳边又响起了温馨的歌曲。我似乎看到了祖孙相见的欢乐场景。

八百里路

明天是奶奶的生日。我刚接到母亲电话，她说已在回家的路上，十一点到。母亲不容我多问，就挂断电话，她怕浪费电话费。我心里咯噔一下，心都提到嗓子眼儿了。母亲是怎么回来的？她是怎么买的票？坐的什么车？我的心里像敲起了小鼓，七上八下，忐忑不安。

母亲六十多岁的人了，不听我们儿女的劝阻，硬要去北京打工。母亲去北京两个多月，一直没有回来过，主要是因为没人和她做伴回来，她一个人不会买票，不敢回来，这次奶奶过生日，我们都不让母亲回来，可没想到母亲竟然回来了。这是出远门的母亲第一次一个人回来。

车终于到站了。头发有些苍白的母亲，挎着一个多年前自己做的大布包，手里拿着一个小折叠板凳，还穿着那一身已有两三年的朴素衣服。

“妈，累吗？”看着母亲风尘仆仆的样子，我心疼地问道。

“不累。”母亲无力地笑着说。

可憔悴不堪的面容，遮不住母亲的疲惫和劳累。当得知母亲是坐火车回来时，我们都很震惊。去火车站买票是件很累人的事情，连我们经常出门的年轻人都发怵，何况大字不识一个、没出过远门、又上了年纪的农村母亲呢？她是怎么去火车站的呢？又是怎么从火车站买的票呢？在我们的再三问询下，母亲给我们讲述了她去火车站买票的经过。

她昨天早晨就从工地出发，边走边问，换乘了两辆公交车，一路颠簸来到火车站。火车站人山人海，熙熙攘攘，母亲不知该从哪儿买票，见人就问，碰着耐心的人还跟你搭个腔，但大多数人理都不理。母亲问了半天，才走到了售票口排队。好不容易轮到她，售票员说只能买第二天的票，她只好买了。午饭时，母亲随便吃了点儿东西，然后就在那儿等着。在跟一个去石家庄的中年女子聊天时，她说母亲可以乘坐夜车回来，建议母亲退票、重新买票。可大字不识一个的母亲哪会退票啊！她问这个问那个，不知遭了多少白眼，受了多少冷落，最后在一个好心人的带领下，退了票，还扣了两元钱。为了表示感谢，母亲给那个人买了一袋瓜子，然后又去重新买票。这次买的是凌晨四点的车票。终于买上票了，母亲长出了一口气。母亲晚饭也没吃，就一直在大厅里等着。

“那您晚上怎么睡的？”

“哪儿还能睡呀！候车室里人满满的，连地上都横七竖八地坐满了人，都没有下脚的地儿。我就来回走着站了一宿，没睡。”可怜的母亲，竟然站了一宿没睡觉。六十多岁的人了，身体哪儿能顶得住呀！我上次从北京回来，坐的是晚上九点的火车。在火车上困得不行，可却没办法舒服地睡觉。凌晨三点到家后，我一直睡到中午一点才醒来。从那以后，我再也不坐夜车了。那个受罪劲儿，让我至今想起来都难受。

而母亲竟然没座位，得站着！一个六十多岁的老人，一晚上没睡，从凌晨四点要站上五个小时，哪儿能受得了啊！

“出门光碰见好心人。”母亲感激地说。

一个像我们这般大的小伙子，看母亲累，就给母亲买了一个小板凳，可母亲给他钱他说什么也不要。善良的小伙子，我们感谢你。因为你的善举，给一个从没出过远门的农村母亲带来了方便，也给火车上的行人送去了温暖，更给她的家人带来了感动。母亲就这样，一晚没睡，辛苦劳累地坚持了五个小时，于今天上午九点到站，又坐上了回我们县城的汽车。

看到母亲这么辛苦，我们说：“妈，这么远，你还回来干什么，自己人又不嗔怪你。”

可母亲却说：“话可不是这么说的。你奶奶过生日，这是大事，不能缺场的。别说是在北京，就是在国外，我也得想办法回来。”

听了母亲的话，我们的眼睛湿润了。我们被母亲宽容的胸怀所折服。爸爸姊妹五个，当时家里孩子多，奶奶看管不过来，顾不上管我们。母亲一个人带着四个年幼的孩子，忙得不可开交，致使当时仅有七个月的我从炕上滚到紧挨着炕的灶火上。火上坐着一锅水，我就掉进了锅里。幸好，抢救及时，大难里捡回一条命。村里人都知道母亲生活得艰难，没个替手的帮忙。可母亲毫无怨言。母亲对奶奶特别好。有了好吃的都要先给奶奶送去。母亲还经常给奶奶买衣服。奶奶有事了，母亲都是第一时间奔到前面，忙前忙后。

母亲困得都睁不开眼，我们劝她睡会儿，可她却急着要去看奶奶。母亲给奶奶穿上她从北京买来的一套漂亮衣服，一件红底碎花短袖和一条灰底大花的宽松裤子。奶奶穿上新衣服，更显得精神矍铄、富态体面、神采奕奕了。

百善孝为先。母亲用她的实际行动为我们做出了很好的表率。这八百多里路不仅仅是一张火车票，不仅仅是五六个小时的车程，更不仅仅是饱含着艰辛与困难的路途，这是一份感天动地的孝心，是一种一切尽在不言中的亲情。

八百里路尽孝心，平淡中浓缩了多少真情！没有惊天动地的壮举，没有可歌可泣的事迹，只有一片真心、一片深情……

辑五／尘世里的那一抹光亮与温暖

尘世里的那一抹光亮与温暖在欢快流淌。守护内心的那一方净土，寻找有爱有温暖的光亮。让灵魂散发幸福的香味，去享受那份盈盈于心的富足与宁静。

老人与爆米花

瑟瑟寒风中，我走在下班回家的路上。因为天冷的缘故吧，路上行人稀少，萧疏荒芜的苍穹下只有风吹门市招牌的咣当声。我走至贸易街北头时突然听到一声闷响，惊悸之余循声望去，看到一位老人在做爆米花。

老人看上去有六七十岁，满脸沧桑的脸上沟壑纵横，头包一块白色毛巾，身穿一套过时很久的朴素的农民衣衫，脚蹬一双黑色布鞋，在深冬的寒风中，为大家耐心地烹制着爆米花。老人周围站着三三两两的人。有的人手里捧着已经烹好的爆米花，吃着说着笑着；有的人正在等待，双手一揣，在一边看着；有的人的爆米花正在烹，则专心致志地盯着转动的锅炉，满眼期待着爆米花出锅。这熟悉的场景瞬时在记忆中闪现出来，我小时候不是经常看到这样的老人在村里烹爆米花吗？

还记得那时，我小心翼翼地端着娘从家里挖好的一茶缸玉米，递给烹爆米花的爷爷后，便一蹦一跳地期待着神奇的玉米开出花来。我那时只记着玉米花香喷喷的、脆脆的、甜甜的，味道好极了，至于爆米花是怎么烹制的，怎么出的锅，则没有什么印象了。

我走上前去，驻足观望。老人把刚出锅的爆米花倒进一个塑料袋里递给顾客，紧接着又开始烹下一锅了。他把玉米粒装进锅里，然后用钢管和扳子把锅头拧紧，再将爆米花机架在支架上，然后就开始摇着手柄，均匀地烧火了。旁边有一个风箱，老人一边拉风箱，一边摇手柄，红红的火焰把锅肚子映得火红锃亮，如新媳妇的脸，不胜娇羞。约莫十分钟，老人看了看压力表说："好了。"老人站起来，仔细地检查一下布袋口是否扎牢，确认没有缝隙后，便大声吆喝一嗓子："开锅喽！"只见大家都往后闪，快速地躲开，有些人还赶紧捂上了耳朵。老人见大家都准备好后，便一手提着手柄，一手用钢管套住锅头开关，将爆米花机放到套有铁皮和废轮胎的长布袋外口，左手按稳手柄，右脚踏住机膛，右手用力一扳，随着"砰"的一声闷响，一股白烟四散开来，炸开锅的爆米花便一股脑地涌向长布袋的尾部。人群里立刻响起一阵拍手叫好声。

一锅是一块钱，老人也就挣个手工费。大约十五分钟一锅，老人一晌不停歇的情况下也才挣上十二块钱。不知老人是否有儿女，是否有温暖的家，他在这萧瑟的寒风中，在这冰冻的大地上，用年迈的身体为大家送去一份温暖，一份甜蜜。

我心中涌动着莫名的酸楚与感动，特别想去帮助这位老人，不为别的，只因那张布满沧桑、饱经风霜的脸……

不对称的美

六岁的儿子放学回到家后拿出美术课上画的水彩画让我看。这是一幅风景画，有瓦蓝的天空、洁白的云朵、绿色的树林、红色的花朵。画的下面两侧是生机勃勃的小草。可是两边小草的颜色不一样。左面的小草是绿色的，右面的小草却变成了蓝色。我指着小草的颜色问儿子怎么回事。儿子自豪地说："我把我的绿彩笔给王小凡了。她爸爸妈妈都在外地打工，没有人给她买彩笔。她用我的彩笔把小草都画成了绿色。我的小草虽然有一半是蓝色的，但是老师表扬我了，说我助人为乐，说我的画有创意。"儿子噘起稚嫩的小嘴，顿了顿，充满骄傲地接着说，"老师还说了，不对称也是一种美。"

同事李晨头上的发卡引来了我们办公室几个姐妹的围观。发卡两侧的图案装饰不一样，很引人注目。

"哎，你们看这两侧的装饰，这面的简单素雅，那面的璀璨明亮，相互映衬，各有特色，真是横看成岭侧成峰，远近高低各不同呀！”

“是呀，现在的小饰品厂家技术真高呀，想着法儿的生产别致商品，让我们的小晨妹妹打扮得越发亮丽多彩了。”大家你一句我一句地夸赞着。

“谢谢你们的夸赞。但是这个发卡原本不是这个样子的。刚买来的时候两侧是对称的装饰。一次我去幼儿园找当老师的同学，看到有一个孩子不和别人玩耍，独自发呆，半天不说一句话。同学告诉我这个孩子患有自闭症。但是我发现她似乎对我头上的发卡很感兴趣，于是我便把发卡摘下来给她玩。她把一侧的装饰品抠掉了几个，就变成现在这个样子了。”

我们仔细一看，还真有抠的痕迹。“哎，还别说，这样虽然不对称了，反倒更美了！”我们纷纷赞叹道。

为了成全他人，甘愿付出，默默无闻，不计所得。虽然因付出而造成了缺憾，失去了原有的平衡，然而这种乐意奉献的不对称何尝不是一种极致的完美！

追赶大爷

我在街上骑着自行车，忽见前面一位老太太，不知在跟过路的行人说着什么。行人们都一个个扬长而去，毫不理会。我路过时，老太太焦急而又强带微笑地请求说："你追上前面那个戴黑帽子的老人，说他老伴儿在这儿等他。"看着一个个行人面无表情地疾驰而过，我一面骑着自行车，一面想：这么多人，都不帮她。我帮不帮她呢？我一边想着，一边下意识地向前看，哪有戴黑帽子的老人啊？于是我就猛蹬了几脚自行车。突然，一个戴黑帽子的老人进入我的视线，他正骑着自行车往前走。

老太太那张充满焦虑的脸庞在我眼前闪过。"我一定要追上他。"于是，我使劲地蹬着自行车。可就在这时，只听"咔"的一声，自行车停了。由于我蹬得过猛，车链子断了。坏得真不是时候。路边也没有修自行车的。眼看着老人越走越远。我索性把自行车扔在街边的墙角，跑着往前追了去。一向不爱运动的我，使出浑身的力气，跑得气喘吁吁，径直往前奔。大爷离我越来越近。“大爷，您停一下……”我边跑边喊。大爷没听见。“大爷，您停一下……”我一次又一次地喊。过路的行人和街边开门市的生意人，看着边跑边喊的我，有的在笑，有的在议论。

“帮她喊！”不知谁喊了一声，于是人群里响起了“大爷，您停一下……”的喊声。声音越来越多，声音越来越大。大爷终于停住了。

他回头看着已经跑到他跟前、累得直不起腰说不成话的我，急促地说：“你是喊我吗？怎么了，丫头？我还有事，我老伴儿走丢了，我急着找我的老伴儿呢，你要没事，我先走了。”大爷说着就往前走。

“大娘……她……她……在……那儿……”我上气不接下气地往前走，回头指着老太太的方向。

“原来你是给我捎信儿的啊。谢谢你了啊，小丫头，我老伴儿她迷路了。我正在到处找她。可能刚才我找她的时候，她看见我了，我没看见她。也可能她喊我，我耳朵不好使，没听见。谢谢你，那我走了啊……”老大爷说着骑上自行车，飞速地往老大娘的方向驶去。

围观的人群中立刻响起一阵热烈的掌声。

“你就这样一路跑着追过来的？”有人问道。这时我才想起坏了的自行车。

“自行车坏在半路了，我去找去。”说着，我轻快地朝自行车的方向跑去。

把爱传递

“老师，什么是爱？”幼儿园里四岁的小女孩儿闪烁着水汪透亮的大眼睛看着老师。

老师蹲下来，抚摸着小女孩儿的头，亲切地说：“爱就是——”老师若有所思，整了整小女孩儿的衣领，甜甜地笑着说：“爱就是，我对你好呀！”小女孩儿灿烂地一笑，跑开了。她把自己心爱的水彩笔借给同桌用，把昨天妈妈刚买的画册拿给前桌看，又把刚才上课老师发给她的小奖品——五块心形小饼干，分给后桌吃。几个孩子不约而同地用稚嫩的声音缓缓地说道：“你真好！”

小女孩儿笑得更灿烂了，她一边手舞足蹈，一边自豪地说：“因为我爱你们……”她顿了顿，把小手捧在脸上，不好意思地说：“爱就是，我对你好呀！”孩子们都咧开嘴，咯咯地笑了。

教室里响起了清脆稚嫩的童音：“爱就是，我对你好呀！”那稚嫩的声音，那纯真的小脸，那银铃般的笑声，那蔚蓝的天空，那碧绿的草地……孩子们手牵着手在户外欢快地奔跑……这一组组可爱感人的画卷像蒙太奇似的，在我眼前浮现开来……

这天真可爱、温馨感人的画面，不知缘于何处，但深深地刻在我的脑海里。

“爱就是，我对你好。”多么简单、朴素而又真诚的话语！是的，爱就是这么朴实无华！她不需要多么感天动地，不需要多么绚丽多彩，不需要多么高深莫测，不需要多么浪漫深情，只要我对你好就够了。反过来，只要你对我好，也就够了。爱就这么简单，就是我们对彼此都好！

“人之初，性本善。”不管世事如何变化，在我们的内心深处都有一处温暖的港湾。这里蕴藏着一股最细最柔最清的泉水，这就是心泉，是爱的源泉。爱的泉水一旦爆发，便如竹笋破土，弓箭待发，势不可挡。泉水奔涌的力量是很大的，虽然她不像海水那样波涛翻滚、汹涌澎湃，但那顺势流淌的涓涓细流，足以滋润干涸的心田，抚摸心灵的足迹，舔舐受伤的灵魂，温暖你我的心田。

爱，就这么简单。爱，就是我对你好。我爱你，没有山盟海誓，没有巧言令色，没有虚荣华丽，只有一颗纯洁无瑕、诚恳真挚，实实在在的心。爱，就是尽我所能地去爱你。我们不自觉的一句关心的话语，就会拉近彼此的距离，不经意间一个善意的提醒，就会让对方有说不出的感激……

爱就在我们身边，温暖着你我，感动着你我。把爱传递，把心凝聚。

把最温暖的牵手给你，紧紧相扣不分离；把最持久的拥抱给你，相依相偎遮挡风雨；把最坚定的信念给你，让希望永不停息。

爱，是我们的责任和义务，我们任重而道远。让我们点燃爱的火把，把爱传递下去，用爱心对待每一个人，让爱的种子在我们这个文明礼仪之邦，在这个和谐美好的社会里，生根、发芽、开花、结果！

烙饼卷肉的女人

小区门口新开了一家饼卷肉店，生意出人意料地红火。每次还不到饭点时间，就排上了长长的队。连我这个不怎么在外面吃饭，尤其不光顾新开张小店的人，也破例加入到了买饼卷肉的行列。

方圆几里的人都闻名过来买饼卷肉。饼卷肉这么受欢迎，可不是仅凭着特色饼卷肉的招牌，是因为口感好，色、香、味俱全，而且价格便宜。一张饼仅五块钱，还可以多放肉，十元封顶，足够一个饭量大的人饱饱地吃一顿。最重要的是，肉是现做的。每天早饭后，就有一位六十多岁的老人从热气腾腾的大黑铁锅里捞骨头剔肉了。那新鲜的或红或白的嫩肉，堆在橱窗里，煞是引人注意。

烙饼的是一个看上去有三十多岁的女人，她中等个头，身材略微显瘦；瓜子脸，皮肤暗黄又有些粗糙，有时还油光满面的；两道眉毛是文过的，浅褐色，一双丹凤小眼眯眯笑着；嘴角上翘，说一口我们邻县的方言；头发随意地顺在脑后，或扎或盘；穿着也很随意，大多是短袖和休闲裤；身上围着一个花色的护裙，在烙饼台前，手脚不停地忙碌着。

在她的手里，几乎不到两分钟的时间，一张松软酥脆的饼卷肉就出锅了。她从身后一个大红色的瓷面盆里拽上一块面，团成一个圆饼，用一根中间粗两头尖的大擀面杖三下五除二地就将饼擀成一张薄饼，放在中心凸出的还冒着烟气的黑铁烙子上，然后用一根扁竹柄，类似于挠痒痒的竹竿柄，从饼下面的中间一挑，把饼翻过来，片刻，再用扁竹柄把饼从左右两边轻翻折叠，随即再把饼撑开，撒上现做的剔骨肉，拌上青菜，麻利地把饼一卷，在拽下一块面的当儿，饼卷肉在烙子上滋滋地响着，她顺手一拿，薄皮大馅、油多饼香肉鲜、让人看了垂涎欲滴的饼卷肉就出锅了。

看她的动作娴熟、麻利，我就问：“你烙饼多长时间了？烙得又快又好。”

“一年了。”

“好学吗？”

“一开始不好学。时间长了，越练越熟练。”

“一天烙多少张啊？”

“那数不清了，最少得有上百斤面吧。”

她很讲规则，很守信用，排队的人谁也不能加塞。有一次我赶时间，眼看着就到我了，可她却先给在屋里吃饭的人烙，说他们排在我前面。其实他们在屋里喝酒，不着急吃的。

我说：“我都是常客了，你就不能给挤一张？”

她笑着说：“不能，你还得等一会儿。”我后面的人等得也很着急，说给我们挤出两张就行了。可她笑而不答，宁可我们等不及走人。

“你不累吗？”在买饼的当儿，我跟她闲聊。

“能不累吗？”她边烙边笑着说。

“晚上累得不能动吧？”

“晚上倒头就睡倒也不感觉累。就是早晨醒来后，腰酸背痛胳膊疼。”

“那你不嫌累吗？”

“有时也不想干，但一想到你不干不行，这么多人等着吃呢，咬牙一坚持，一挺就过去了。”她无奈地笑着说。

“一挺就过去了吗？”

“真的，一挺就过去了。有心思支撑着你，挺过去就没事了。”她轻描淡写地说。

我心里有一种感动的情愫在涌动着。是的，做饼卷肉也需要信念和毅力。坚持一下，要挺过去。我们做其他事情又何尝不是如此呢？当我们累得不行，要松懈的时候，我们是否也能像烙饼卷肉的女人一样，坚持一下，挺过去呢？

铿锵玫瑰

在济南悦读天下笔会的会议上，领导专家们都做了精彩深刻、声情并茂的演讲。在会议的最后，主持人深情地说：“在我们论坛上，有这样一个女孩儿。她身体不好，只上过两年学，但她坚持自学，而且写了很多东西，一直是我们论坛上最积极最活跃的成员之一。今天，这位女孩儿也来到了我们笔会现场。让我们以热烈的掌声欢迎她到前面来为我们讲几句话。”

我的脑海中立刻掠过一个瘦弱的身影。她个子不高，瘦长的脸上有一双俊俏的大眼睛，眼神扑朔迷离，飘忽不定，头发高高地梳起来，但发质不是很好，干枯毛糙，发黄发暗，皮肤也粗糙暗红，反倒衬得那发黄的牙齿有些白了。她上身穿一件普通的粉色半短袖，下身配一条黑色裙子。

昨晚上睡觉前，我同屋的文友还在议论她。

“唉，你们注意到那个只有七十斤重的女孩儿了吗？”

“看出来了吗？她很自卑，不像大家都在一块儿从容地谈笑。她躲到一个角落里不说话。在车上时，她旁边的人还嘲讽她，说她咋长得那么赖呢？”

“‘赖’这个字，一听就不好。哎呀，对人家小姑娘打击多大呀！你们发现没，她跟谁都不说话，总是沉默不语。如果你主动跟她打招呼，她才缓缓地说一句，然后就又没话了。像这样的人就该多鼓励她，给她勇气，给她信心。”

瘦弱女孩儿缓缓地走到前台，缓缓地坐下，顿了一会儿才发出很轻的声音：“大家好。今天我很激动。在这里，我也不知该说什么。我有心脏病。因为治病花了很多钱。家里很贫困，再加上我身体很弱，上学还需要弟弟背着去，所以，只上了两年学就不上了，让弟弟妹妹上学。”她喘了一口气，声音有些发颤地说，“我在家干些零活，闲着没事时就读书学习，渐渐地爱上了写作。我写的东西还很不成熟。”她又顿了一会儿，有些哽咽地说：“今天我坐在这里很高兴、激动。我真的不知该说些什么，谢谢大家对我的关心和帮助。就这样吧。”她鞠了一躬，手足无措地起身离开。

台下响起了热烈的掌声。

于是，她引起了我的注意。活动期间，她一直沉默寡言，用一双朴实而忧郁的大眼睛看着一切。陪伴在她身边的是一个体形瘦弱、个头略高、背稍有些弯的男孩儿，看上去有二十来岁，穿着也很朴素。问之，是她的弟弟。他怕姐姐身体不适，不能照顾自己，特意陪伴过来的。

饭后小憩时，我见她坐在白云湖畔的小石凳上，看着远处“接天莲叶无穷碧，映日荷花别样红”的景色发呆。

我在她旁边坐下，和她攀谈起来。

“你真美，眼睛真漂亮。”

“没有的啦。”她不好意思地笑了。

“你只念过两年书，那你后来是怎么学习的呢？”

“我跟弟弟妹妹学，让他们教我。”她幸福地说着，开心的笑容在脸上绽放。虽然只是简单的一句话，但背后饱含着她无数的心血和汗水。我们坐在宽敞明亮、教学设备齐全的教室里，有老师精心细致的教导。她呢？在简陋的连书桌都没有的家里，只能趴在床上学习，低矮的房屋里，透不过几丝光线。她半晌还要干活，只能抽弟弟妹妹放学回家的功夫，赶紧趴在床上，撑开书本，向弟弟妹妹请教，认真地学着、写着、记着……

“遇到过难题吗？”

她笑着点点头：“弟弟妹妹不在家，我就认真反复地想。有时做梦还在做题呢！”

这让我想起冰心先生在《我的老师》一文中写的，她算术不合格，T女士帮她补习。冰心很用功，“对于算学真是心神贯注，竟有几个困难的习题，是在夜里苦想，梦中做出来的”。

“后来是怎么接触上写作的？”

“干完活没事的时候我就看书，看各种各样的书。书看得多了，就有一种想写的冲动。后来，家里买了一台电脑，我就上网。注册了论坛，在论坛上发稿子，这为我的写作打开了一片新天地。”

她缓缓地说着，话有些轻，气有些喘，还时不时地咳两下。我忽然觉得眼前这个虽已三十岁的姑娘，是那么小巧玲珑，惹人爱怜，让人有一种想要帮助她的冲动。但我知道，如果此刻给她钱的话，会伤她自尊的。我唯一能做的就是多跟她交流，多陪她说话，让她在人群里不再那么孤单，不再那么寂寞。

笔会活动结束的前一天晚上，我把我的老师写的一本书送给了她，上面的留言是这样写的：“亲爱的小妹：你是好样的！你给了我们太多的感动。不怨命运不公平，我的人生我做主。你已经用你踏实的脚步，踩出了一条光明的道路。你是一朵漂亮的玫瑰花，铿锵而又馥郁。记住，不管在哪里，我们都在为你加油，喝彩！”

她双手捧着那本书，不时地回头望向我的房间。那双忧郁而又感激的大眼睛，那浅浅而又真诚的笑容，像电影里的“回眸一笑”，深深地定格在我的心间，让我久久不能忘怀。

可爱小妹，铿锵玫瑰，相信你的生活会比花灿烂、比水清秀，朴实无华而又绚丽多彩！

难忘那双眼睛

去中心小学给已被我们学校录取的学生发放入学通知书。学生们只需要办下手续，领取通知书就行了。学生都由父母陪伴着前来。父亲跑前，母亲忙后，孩子则什么也不用管。这其中有一个小男孩儿引起了我的注意。

我们刚到时，他就已经站在这儿了。报名的家长越来越多，他就被挤了出去。他好几次使劲挤到前面来，努了努嘴，正要张口说话，却又被人群挤了出去。如此反反复复，小男孩儿被挤到人群外的角落里，无助地观望着。

我当时心里还纳闷，这个孩子想干什么呢？可是办理手续的人一波接着一波，我也无暇顾及那个孩子了。整整一大晌时间在忙碌中匆匆地过去了，报名也已接近尾声。抬头一看，那个男孩子还在那儿站着。我的心不禁猛地一颤。我冲男孩儿摆摆手，示意他过来。

我这才看清他的面目，中等个头，偏瘦；浓眉大眼，长长的眼睫毛给那双水汪汪的大眼睛增添了几分天真和无邪；稍有些暗黄的圆脸上，那张宽厚的嘴巴更显出他的忠厚与诚实；头发微卷；穿着一件地摊上卖的花背心和一条皱得没样子的裤子。他不停地用手搓着衣角。

“你有什么事吗？需要我们帮你吗？”

“我……我也想上咱们学校……”他低着头，小声地说。

“你叫什么名字？”

“张松。”

很快，我在录取表上找到了他的名字。

“你的家长呢？”

“我……我爷爷在地里割麦子。”

“那你自己来的？”

“嗯……”

“那好，拿你的学籍卡和户口本。”

“学籍卡在我的老师那儿。我的老师就住在学校里。可近啦！”

“噢，那你快去拿吧！”

小男孩儿犹豫的大眼睛一下子放出了亮光，像离弦的箭一样飞奔了出去。

没过五分钟，他跟老师一块儿过来了。

老师说：“这孩子都来过三次了。早晨五点半就来了。我跟他说你们八点半才能到。后来，六点半他又跟他爷爷来了，我跟他爷爷说要拿户口本，他爷爷说让他叔叔送过来，然后便急着往地里割麦子去了。不到八点，张松自己又过来了。我还以为他早办好了。”

“你的户口本呢？”

“我叔叔还没送来。”

“还没送来？都一晌了。”老师焦急地说。

孩子刚刚放晴的脸上，又阴云密布，愁眉不展。

这时，催我们走的电话此起彼伏。

老师走到我们跟前耳语说：“这孩子单亲，没了父亲，母亲改嫁，一直跟着年迈的爷爷生活。”其实，我们也看出来了，这孩子背后有让人心酸的故事。

那我们再等一下吧。

半个小时过去了，一个小时过去了，一个半小时过去了……

孩子的脸颊布满泪水，泪汪汪的大眼睛里充满了无奈、渴求和希望。

都下午两点了，再不走，我们就耽误下午的工作了。车如蜗牛般缓慢地前进着，是为了再等一下，再给孩子一份希望。孩子跟着我们的车跑了过来。我们的心都碎了。就在这时，一个小伙子骑着自行车迎面而来。

“我叔叔来了。”孩子哭着高兴地大喊道。

我们赶紧下车，就以车尾为办公桌给孩子办起了手续。我把通知书双手递给孩子，小男孩儿如获至宝似的双手接过通知书，脸上露出了开心的笑容。那长长的眼睫毛忽闪两下，水汪汪的大眼睛是那么纯洁、清澈……

路上，我们都哭了。

小男孩儿那双水汪汪的大眼睛不时地在我眼前闪动……

悦读情缘

缘是一种自然而神秘的心灵力量。我们因为共同的爱好走到一起，因为一些文字而产生共鸣；因为一种感觉而动人心弦；因为一次邂逅而难以忘怀；因为一次回眸而感慨万千。

为期三天的悦读天下笔会中始终洋溢着一种温情，让我倍感温暖、感动。在参加笔会之前，我还在担心犹豫，我谁都不认识，会有人跟我说话吗？可到了之后，领导们的亲切关怀、文友们的爽朗热情，立刻驱走了我心头的阴霾。我们很快就融入到了一起。大家谈天说地，真诚沟通，亲切交流，让我大开了眼界，增加了阅历，同时也结交了朋友，遇到了知音。每个人都很优秀，很出色，都有很多值得我学习的地方，让我真切地感受到了“山外有山，人外有人”。在大家面前，我犹如一枚青涩的果子，需要汲取的营养太多太多了。

文友告诉我，参加我们这个团队非常舒心和惬意。是的，我们的团队素质很高，很文明，很和谐，很团结，很友善。大家都团结友爱，相互帮助。领导们谦虚和蔼，平易近人，都深入到大家当中，与大家亲切地沟通交谈，还有杂志社的编辑们给大家带来了无微不至的关怀和照顾。文友们之间更是相互关心，相互爱护。整场笔会融化在暖暖的亲情当中。

在白云湖上划船时，我与清雅姐和张永宏大哥是一组。“四面荷花三面柳，一城山色半城湖。”真是船在湖中行，人在画中游啊！我们边划边谈笑，看着波光粼粼的水面，沐着凉爽清新的夏风，我们深情地唱起了《让我们荡起双桨》和《大海啊，故乡》等歌曲，开心的笑声和愉快的歌声随着湖面泛起的条条波纹飘浮游荡，游向湖的深处，飘向海天相连的远方。我九岁的儿子拿着昨天从大明湖买的大水枪，在湖中尽情地玩着，可他一不小心，水枪掉进了湖里。我们都“啊”的一声叹息。这时，只见张永宏大哥从船前头弯腰伸胳膊去捞，他探着身子，身体弯成了弓形，我不由得为他捏了一把汗，赶紧上前扶住张老师，让他别捞了。就在这时，他成功地捞上来了。我们都兴奋地欢呼起来。在游览百脉泉时，儿子被美丽的景色吸引着，跑来跑去，不时有文友给予帮助和关照。潘正伟大哥和叶子姐还特意叮嘱我好几次，宁可自己不玩，也一定要把孩子看好了。我被一种感动的情绪萦绕着，这让我深切地感觉到，这真是水美、人美、情更美啊！

有缘千里来相会。有人说，缘分是前世修来的，是五百次回眸的执着才换来今生的擦肩而过，是千年不变的守候才有了今生的默默相守。在参观游览时，我们在很多景点合影留念，在“缘”字前照相最多。在婀娜的绿柳遮罩下的一面红墙上，有几个大大的黑色的凹体字。其中一个就是“缘”字。我还记着程琨大哥跟前来合影的文友，在“缘”字的两边摆出一个手拉手的造型，这样一个“缘”字，就恰到好处地在两个有情人中间，好美啊。酒不醉人人自醉，有缘情深哪！我被这种“缘”字情怀，深深地打动了。缘分，是心有灵犀的一种感觉；是一见如故的一种倾向；是相见恨晚的一种心情；是上天安排的最美的际遇；是深深的牵挂和隐隐的怀念！

道不完浓厚情，诉不完离别意，在匆匆的留恋与不舍中，我们不得不挥手再见。忘不了，白云湖畔领导专家们精彩而又深刻的讲座；忘不了荷香渔庄的美味和大家祝酒共贺的欢乐；也忘不了白云湖上的快乐游玩和百脉泉里的“缘”字留念；更忘不了大家在一起时的开心畅谈和温情脉脉！

悦读天下，让天下有缘人走到一起；悦读天下，让有缘人感动一生；悦读天下，我们期待着与您的再次重逢！

善良不需要理由

小萨拉一家六口正在外出游玩的路上，他们又说又笑，好不热闹。开车的父亲桑德拉也被他们愉快的谈笑吸引着，可就在车即将转弯的时候，对面突然飞来一辆货车，由于他们都没有系安全带，导致开车的父亲当场死亡，母亲和小萨拉的三个哥哥受伤被送往医院，小女孩儿萨拉还好并无大碍。

伊利诺伊州的警察第一时间赶到事发现场处理交通事故。五岁的小萨拉被这突如其来的一幕吓得惊呆了。正当她魂飞魄散、浑身战栗时，一位高大的警察叔叔抱起了她，冲着事故现场大喊了一声：“拍摄结束。”然后他以最快的速度抱着小女孩儿远离事发现场，指着前方美丽的景色，微笑着对怀中受了惊吓的小萨拉说：“我是导演贝克，我们正在拍摄一场惊心动魄的电影，你的爸爸、妈妈和三个哥哥有幸被选作了我们的演员，他们的表演很精彩。但是为了保证演出效果，这个电影要拍摄很长的时间，所以你可能有很长一段时间见不到他们。”

惊魂未定的小萨拉在这位警察叔叔温暖的怀抱里放松了不少，当她听到这位“贝克导演”说家人们正在拍电影时，兴奋而又充满期待地问：“那他们什么时候回来？”

“哦，宝贝儿，这可说不好。爸爸的角色很重要，他是电影的主人公，需要拍很长很长的时间，至于妈妈和你的三个哥哥，他们应该很快就会回来的。”“贝克导演”接着又说，“在他们不在的日子里，你会去一个新家。在那儿你将会得到很好的照顾。你要听话，要乖。好好表现，等妈妈和哥哥们拍完电影了，他们就会去接你的。”小萨拉似懂非懂地点点头，跟着这位亲切的“贝克导演”去了当地的福利院。跟工作人员说明情况，安顿好小萨拉后，“贝克导演”长舒了一口气。

这位自称“贝克导演”的警察是当时前来处理交通事故的警察之一——贝利。他看到受惊吓的小女孩儿还在事故现场，便自编自导了这样一幕。当前来的记者问贝利警察为何要这么做时，贝利眼里闪着泪光动情地回忆说：“我七岁那年发生了一起绑架案，我被绑匪当作人质。在我即将受到伤害的那一刻，前来营救的警察当场击毙歹徒，顿时血流成河，我眼前一片模糊。正当我惊吓过度时，一位警官高声喊道：‘演习结束！’就是他的这一句话化解了那悲惨的一幕。我不敢想象如果没有那位警官的善良帮助，我现在会是什么样子。多年之后，我多方打听到那位警官的地址，前去拜访感谢。而他却平静地说：‘我这么做是出于本能。换作任何人都会这么做的。记住，孩子，善良是不需要理由的。’我一直牢记着这句话，践行我的使命。”

贝利顿了顿，充满希望并坚定地说：“目前，事故已出，无法挽回，但我们不能让幸免于难的小女孩儿再受伤害。我们有能力和义务去保护那个小女孩儿，力所能及地去清洗她的眼睛，不让她的心灵留下伤疤和阴影。”

一元人民币

从济南参加完笔会，在火车站等车的时候，八岁的儿子喊着肚子饿。对面有一个小便利店。我索性拿出十元钱，让他自己去买吃的。过了大约十五分钟，儿子一蹦一跳地回来了，左手举着一块雪糕，右手拿着钱，对我说："妈，给，这是剩下的六块钱。我花了三块买了一块雪糕，又用一块钱给山区捐款了。"

"捐款？别人让你捐的，还是你自愿捐的？"我问道。

"我看到那儿有捐款箱就捐了。妈，一元钱能让贫困山区的孩子买一个鸡蛋和一杯牛奶呢！"儿子天真可爱地说。

我的心灵被深深地震撼了。我拉过儿子，蹲下来，在儿子的脸上亲了一下，说："儿子，你真棒！你做得真好，你能主动为贫困山区捐款，妈妈为你感到骄傲和自豪。"

看着儿子小口小口地舔着手中的雪糕，我的眼睛湿润了。

儿子手中三元钱的雪糕是整个冰柜里最便宜的东西，也是整个便利店里最便宜的东西。儿子买东西有个习惯。他会左挑右选进行比较，最后选出物美价廉的那件。上次去超市，儿子在文具区选了半天，最后挑了两支笔、两盒铅芯。结账时，其中一支笔的价码标错了，实际上要更贵些，他立刻退了那只笔，尽管儿子非常喜欢那支笔。我说没事儿，都选半天了，买了吧。儿子一摇头说："不买了，那么贵。"

由于儿子的细心比较，他知道哪些文具店的东西又好又便宜。有一次，他写作业时突然没铅芯了。我给了他五元钱，让他去小区里面的便利店买。可他却跑到小区外面的文具店去买，回来后，气喘吁吁地告诉我："妈，那儿的东西又好又便宜，同样的东西能比咱们小区便宜五毛钱呢。我这次买了一支笔两盒铅芯，节省了一块五毛钱，又够下次买笔用了。"

我的心里酸酸的，对儿子说："没事儿，儿子。咱不在乎那块儿八毛的。以后就在附近买吧，省得跑那么老远的路。"

"没事儿，妈。可别小看这一块钱，积攒多了，能有不少钱呢！"儿子认真地说。

儿子省吃俭用的习惯，使他不管在哪儿买东西，都是挑选物美价廉、物有所值的东西。如果太贵了，他宁可不买。有一次，我们走到一家肯德基门前。我问他："吃肯德基吗？"

儿子高兴地点点头。当得知一个最便宜的汉堡也需要十块钱时，儿子的头马上摇得跟拨浪鼓似的，说："啊，那么贵，够我买多少支笔了？妈，我不吃了。"说完就跑开了。

我们前天来济南的时候，在火车站便利店里，给孩子买吃的。儿子看看这个拿起又放下，看看那个拿起又放下，还时不时地噘起小嘴嘟囔着："啊，这么贵啊。"然后，他把拿起的东西又爱不释手地放下。最后，他把目光转向冰柜。“阿姨，这个雪糕多少钱一块啊？”孩子指着左排的雪糕问道。

“最便宜的三块。从你手指的这边开始，往右依次贵一块钱……”

“噢……”儿子咂了咂舌头。最后要了一支三块钱的雪糕。

这次，儿子又买了一支三块钱的雪糕。我给他这十元钱够他买一小袋面包的。看着正小口舔着雪糕的儿子，我俯下身来问：“你不是饿了吗？为什么不买小面包呢？”

儿子不假思索地说：“我本来是想买小面包的。可那样就没钱捐款了。”

“那你饿了，吃雪糕能饱吗？”

“没事儿，为了山区的孩子们能有鸡蛋吃，有奶喝，我就牺牲自己，先顶一阵子吧。”儿子摸着自己的肚子笑着说。

我的眼睛再一次湿润。我被儿子的天真可爱感动了。

一元人民币，在当今经济腾飞、物欲横流的时代，是很微不足道的。可在儿子的眼里，这一元人民币很有价值。

我的爷爷当年下乡当乡党委书记时，经常天不亮就起来给老百姓家拉粪干活。那时乡里没有伙食，就轮流在农户家吃饭。这一天，轮到了二柱家。

二柱家很贫困，没有菜可炒。就在这时，他八岁的儿子放学回来，在路上捡到了五毛钱。二柱媳妇就用这五毛钱买了一把韭菜，给爷爷炒了一盘韭菜。直到现在，爷爷每次提起往事，眼里都会闪着深情的泪花，感慨地说：“那是我迄今为止吃到的最香最好吃的韭菜了。”是的，在那个贫困的年代，五毛钱的价值和真情是现在用五百元甚至五千元都买不来也换不到的。

我的上小学二年级的侄子放学回家，手里拿着一块钱给了奶奶。问其情况，他说：“我在操场捡到了三块钱。交给老师两块，还剩一块钱没交。”

我问为什么。

他委屈地说：“我捡了好几次钱，都如实地交给老师。可老师既没有在班里表扬我，也没有写在教室后面黑板上的表扬栏里，更没发给我表扬卡。”

孩子的心是善良的，是纯洁的。我不清楚他的老师到底是忘了，还是拿这些孩子上交的小钱另有他用。但是这对一个正在成长的孩子来说是很敏感的。

我蹲下来，扶着侄子的肩膀，耐心地说：“我们捡到钱，应该上交给老师，对吗？”侄子点点头。“我们拾金不昧是单纯为了受表扬吗？”侄子摇摇头。“拾金不昧是我们中华民族的优良传统。我也相信，你不会就是为了受表扬而去交钱的，是吧？钱是那些人不沁心掉了的，我们捡起来上交给老师，这是对的。不管老师怎么做，我们首先要做好我们应该做的，不是吗？”

“知道了，姑姑。我下午上学就把这一块钱交给老师。”

“这就对了。”我向侄子伸出了一个大拇指。

如今，一元人民币确实不算什么，甚至人们在大街上看到，连捡都不会捡。但是这一元人民币所折射出的品德精神是无价的。如果我们能把这种品德发扬光大，那将会给国家和社会带来无穷的财富。

“妈，该检票了。”

我从深思中回过头来，拉着儿子赶紧往检票口走去。此时，耳边又响起了那稚嫩又甜美的歌声：“我在马路边，捡到一分钱，马上交到警察叔叔手里边。叔叔拿着钱，对我把头点。我高兴地说了声：‘叔叔，再见！’”

学着主动交朋友

下午我正在电脑上写稿子，突然听见“当当”的敲门声。这个时候能是谁呢？家人都有钥匙。朋友来会打电话。即便是邻居有事找，也会在楼下单元门按门铃。何况我家又是在六楼，谁会爬这么高，来敲我家门呢？我怀着好奇心，透过门镜往外看，是有两个陌生的小姑娘。“奇怪，这两个小姑娘来干吗呢？”

我打开门。“你们好！”我送去甜美的招呼。

“阿姨，你们家有小孩儿吗？我们是来交朋友的。”其中一个个子高点儿的女孩儿说道。

“交朋友？你们是哪儿的？谁让你们交朋友的？”我边问边打量着她俩。个子高点儿的女孩儿穿着一件粉红色的连衣裙，扎着一个朝天的马尾辫，有些凌乱的头发前帘下是一双水汪透亮的大眼睛，五官很秀气，样子很可人。另一个女孩儿个头矮了一点儿，短头发。上身穿一件白色小背心，下穿一条浅紫色小短裤，脸型圆中带方，一双纯洁的大眼睛透着俏丽可爱。

“我们是这个小区2号楼的，是我们自己想交朋友的。”

“那你们之前认识吗？”

“不认识，我们也是通过交朋友认识的。”

“你们是哪个学校的？多大了？”

“我是北牌小学的，我十二岁了。”高个女孩儿一脸纯真地说。

“我是前进小学的。我十一岁了。”矮个女孩儿紧接着说。

“你们没上补习班吗？”

“上了。因为明天过大会，今天下午放假了。”

“噢，好的。我家有一个十岁的小男孩儿，现在练跆拳道去了。等他回来，我让他去找你们。”

“我们就在1号楼与2号楼之间等着。”

“几点呢？”

“六点半到七点半吧。我们这个时间在那儿，新朋友都去那儿。”

“好的。”

送走两个可爱的小姑娘，我感慨颇深。眼前又浮现出儿子星期天时无助而又渴望的眼神。“妈，送我回老家吧。老家多好，可以跟好多小伙伴玩，可以玩沙子，可以捉蝉，可以捉迷藏……在楼上一点儿意思也没有。除了看电视，就是玩电脑。”

是的，儿子孤独的心理反映了现在大多数独生子女的心理。同事刚从小院搬到楼上，向我们诉苦说，她家孩子一到星期天就憋得发疯，非嚷着要再搬回小院去。

现在的孩子大部分都是独生子女。小区里同龄小孩儿本来就少，再加上又不怎么认识，平时也不来往，孩子也没个玩伴。不像在老家，一放学，孩子们把书包往家里一扔，就像离弦的箭似的飞了出去。直到吃饭时才被喊回来。我现在还记着吃饭前，各家大人焦急地呼唤自己孩子的声音。我的童年也是一天天疯跑着玩，跟小伙伴玩各式各样的民间游戏，如跳皮筋、踢球、蹦方、拾石子等。我们玩到天昏地暗，玩得不亦乐乎。那时的童年充满了乐趣和欢笑。

现在的孩子，虽然玩具多得都能开小卖店了，但还是无法弥补他们内心的空虚。我在网上看过这样一个组织，好像是交换家庭什么的，我忘了具体的名称了。大致是这个意思，他们在网上结识好友，然后找出志趣相投的发出邀请，轮流到各家去住，让两个孩子共同学习共同玩乐。这一活动办得很火热。有很多家庭都竞相参与了进去。

为什么会有这种局面呢？以前孩子多的家庭，几个孩子在一块儿，尽管哭闹，但也其乐融融，不觉孤单。而在乡下的孩子们，也能凑到一起，疯跑着野玩。唯独现在单元楼里的独生女子，没有玩伴，很孤单很寂寞。这是一个现状，也是一个不容忽视的问题。

两个小女孩儿发起的“交朋友”的活动很好，既锻炼了孩子们的交际能力，又让孩子们结交了新朋友，同时也给这些独生子女们营造了一个“朋友之家”的乐园。

小姑娘，你们是好样的！我不禁伸出大拇指，由衷地赞叹着。

剪纸上的儿童节

儿童节要来了。儿子说要剪窗花送人。

他拿着一张已经剪成型的彩纸让我看。啊，太精彩了。刚刚还是正方形的彩纸变成了奇异的小窗花。

“是老师教的吧？”

“不是，我自已想的。”说完，儿子又把彩纸返回了两折，然后又剪了几下，撑开一看，啊，太神奇了，一个菱形的花瓣出来了。中间镂空的小孔，如阡陌交通的桑田，又如碧天里的星星，又如袅娜的花朵。

儿子顺势把这个窗花对折一下：

“看，像什么？”

“蜘蛛侠。”儿子抢先说。

儿子又把窗花对折一下。然后毕恭毕敬地对我说：“妈，请喝茶！”还别说，太像茶杯了。儿子干脆把普通的作业纸折成正方形，然后再一一对折。这样，一个又一个的窗花就诞生了。

“妈，你看这个多像乘号……这个多像雪花……这个是爱心……”

儿子拿着自己的作品兴高采烈地自演自说。忽然，儿子不说话了，用小剪刀小心翼翼地剪着。那神情宛如雕刻家在精心地雕琢一件艺术品，那执着细心的姿态让他不能容忍有一点儿瑕疵存在。

“剪得那么好看，要送给谁呀？”我一直期待儿子说“要送给妈妈”，可没想到儿子竟认真地说：“我要送给山区的孩子们。我今天学了一篇山区儿童的课文，他们生活很贫穷，很辛苦，我要把这些亲手制作的剪纸送给他们，让他们也过上一个愉快的儿童节。”

我的心被触动了。

我和儿子约定好，明天买些礼物，连同这些剪纸一起快递给山区的孩子们。

欢乐玉米队

十一长假期间，我回老家帮忙收玉米。如今农业都机械化了。收秋也不用人力了。收割机一进地，出来的就是金黄的玉米棒子。高大的玉米秆顺势倒下，大片的玉米地瞬间被夷为平地。但是地多，机子少，再加上有些洼地和湿地不能进机子，人工掰玉米就成了一道亮丽的风景线。

老家就有这样一支人工玉米队，队里有六个成员，是三对夫妻。他们是村里最能干最勤劳的劳动力。天还不亮，他们就出发了。他们一身粗布工作服、一双布鞋，头上包一块毛巾，冲进玉米地，你三垄我四垄地掰过去。唰唰唰的掰玉米声和人与玉米叶子相互摩擦的嗖嗖声，为寂静的黎明奏上了热闹的交响曲。在玉米地里穿梭的人也与广袤的夜空构成了一幅泼墨山水画。

天已大亮。掰完一家，接着掰另一家。他们有出不完的力。快到中午时，一位五十多岁的妇女从地头的玉米丛里钻出来，抖抖头上的毛巾，拍拍身上的玉米须和玉米叶，跺跺脚，自言自语地说："终于快完了，渴死了。"说着，她拿起地边的塑料壶，举到嘴边，咕咚咕咚地喝了起来。伴着沙沙的声响，从地里又钻出一位四十多岁的男人。接二连三地，队员们都陆续出来了。

他们你一言我一语地相互打趣着："你还挺快的嘛！"

"志花娘最快，她是第一个出来的。"

"刘军爹也不慢，他随后就出来了。"

"我们两个一块儿出来的……"

"给，赶紧喝水吧。"

"哈哈……"

他们相继拍拍身上的泥土，心里很轻松地说："这一家终于完工了，下午是哪一家呀？"

"李柱家，人家都催了好几回了。"

"是呀，李柱儿子常年在外地，很少回来。家里的五亩地，靠老两口可干不过来。"

"眼看人家的玉米棒子都进了家，李柱家又等不着机子，他急呀！"

"可不是的，可把老李急坏了。"

"我们也别让人家等太久了，赶紧吃饭。吃了饭就走。"

"就是，赶紧吃饭，吃了饭就去。"

大家一致响应着。

志花娘把带来的馒头和咸菜递给每个人。

大家吃着馒头和咸菜，喝着凉水，边吃边说，边吃边笑。他们吃得津津有味，好像在吃大餐。他们笑得那么开心，笑声在玉米地上空回荡，化作洁白的云朵，感染着瓦蓝的天空。

快速简单地吃完饭后，他们直奔李柱家地里。路上撒下了他们的欢声笑语。

小路两边的玉米叶欢快地舞动着，它们在鼓掌欢迎苦中作乐的勤劳朴实的队员们，幸福地期待着他们把累累硕果收回家去！

开在银杏叶上的友谊之花

上课时，我无意中瞥到学生刘艺童的课桌，在整齐的厚厚的一大摞书的中间盛开着一束特殊的花。说它特殊，是因为这不是真花，但样子像极了正在舒展身体、露出甜甜笑脸的鲜花。刘艺童抬起头，与我好奇的眼神相遇，不好意思地羞红了脸，那样子，宛若书桌上盛开的鲜花，既清澈透明又娇艳欲滴。我立刻收回目光，接着讲课，就当什么事也没发生过。

课间，好几个小女生围到刘艺童的身边，叽叽喳喳，像一群快乐的小鸟说着笑着。我被她们活泼快乐的气氛感染了，走到她们中间，欣赏着这朵上课时未来得及观看的“鲜花”。原来这是由几片干枯的黄褐色的银杏叶拼接而成的。孩子们的手真是巧，几片干枯的落叶经他们一拼接一折叠一装饰，竟成了一束漂亮的花。好几片叶子拼在一起，一圈圈地一层层地按花骨朵的造型对接起来，下面的叶茎还用皮筋扎了起来。

我举起叶茎，握在手里，一簇成型的“鲜花”由里向外一层层地四散开来，好似犹抱琵琶半遮面的美少女，散发着四处张扬的青春活力。

“你们做的？”我惊叹地问孩子们。她们不约而同地点头。

再一细瞧，噢，还有字呢。在每片银杏叶上都有字迹清楚的名字：董西、刘彤……最里层的银杏叶中用红笔画着一颗心。刘艺童说，她们每个人在校园的花坛里捡了一片叶子，然后写上自己的名字，做成了这朵象征她们友谊的花。我鼻子一酸，眼眶发热，极力抑制住夺眶而出的泪水，笑着问：“你们……和好啦？”

“嗯，张老师，自从您上次给我们讲了友谊是多么珍贵之后，我们都想通了。”

“就是，张老师，我们来自不同的地方，能聚到一起是缘分。”

“我们要珍惜我们之间的友谊，团结友爱，互帮互助，不再有任何矛盾。”

“无论发生什么事情我们都不分开。”

“我们的友谊就如这朵盛开的银杏之花，长久保鲜。”

“说得太好了。”我欣慰地赞叹着，为孩子们鼓起掌来。

两个多月前，这帮小女孩儿由不同的学校升入到初中，有着各种的不适应，其中一个主要表现就是闹矛盾。不是你喊就是我嚷，不是你哭就是我闹，不是你看不好我就是我不愿意挨着你，不是你不跟我玩就是我不跟你玩。为此，我绞尽了脑汁，耐心地帮她们调解、讲道理、做思想工作。每天晚上放学，我都要跑到女生宿舍给她们断官司。我讲了很多道理，也讲了很多故事。

我甚至讲到了我的初中生活。我和同学们互帮互助，团结友爱。为了见证我们的友谊，我们一起种下了一盆吊兰花。这盆花经过我们的精心培植，初中三年一直开得葱茏旺盛，犹如我们纯真的友谊。毕业后，我们各奔东西，我们的生活都在改变，但唯一不变的是我们的家里都养着一盆吊兰花。因为它是我们友谊的象征，也提醒着我们友谊是多么珍贵。

“孩子们，珍惜你们的友谊吧。你们的友谊就是一朵花，你们就是花的枝叶，你们要相互帮助，不仅长好自己的枝叶，还要帮助别人长好枝叶，只有这样，我们这盆花才能长得葱茏旺盛。”

“老师，我们会像您说的那样，开出我们的友谊之花。”刘艺童用手画了一个大圆，比画着开花的姿势，顺势也把围在身边的小伙伴们抱在了一起。孩子们都灿烂地笑了起来，我也笑了起来。

泪眼婆娑中，我看到了这朵银杏叶上的友谊之花正在灿烂盛开！

老师，我们也要拉您一把

“马子涵，”我厉声喊道，“你来回答这个问题。”眼皮直打架、脑袋直往前栽的马子涵被我这一声吼吓得打了一个激灵，他先是一怔，然后颤颤巍巍地站了起来，讷讷地看着我，像只受了惊吓的小猫。我又重复了两遍问题，迎来的还是沉默。我生气地说：“上课不认真听讲，怎么能会？下课后去我办公室。”

“马子涵呀马子涵，我都说过你多少次了。上课一定要认真听讲，你说你刚才上课时想啥呢？”课间，马子涵像一个犯了极大错误的孩子，面红耳赤地站在我身边，聆听着我的训斥。不过说句实在话，这孩子进步还真不小。成绩已经从原来的下游上升到了中游。越是这样，我越不能放松。我经常跟孩子们讲，学习就如爬山，你一开始在山脚下，一步步地往上爬，爬到了山腰，更要一鼓作气，坚持不懈，勇敢攀登。老师跟你们一块儿爬，老师爬得快，但老师会把手伸给你们，拽着你们往上爬。往上爬不容易，但往下滑却是很快的。所以我们一定不能半途而废，千万不能一不留神再滑到山脚去。马子涵也表示一定要尽自己所能努力学习。功夫不负有心人，他的努力没白费，看着他的成绩一点点提高，我就像欣赏着一件自己花大气力精心雕琢的工艺品一样快乐。可刚才上课他却精神恍惚，昏昏欲睡。

“昨晚你干什么了？几点睡的？睡晚了，是吧？”见马子涵跟木头似的不说话，我叹了口气说，“以后早点儿睡，保证睡眠，好好听课。刚才上课的内容，你先自己看一遍，一会儿第三节自习课，我再给你补一遍。”

马子涵走后，我还是不放心，就拨通了他家长的电话。他妈妈在电话里跟我说了详情。他昨晚写完作业后在电脑上拼命做题。做对一次，得到一百分，就会加上十积分。他说要把这些积分送给老师。做对的题越多，得到的积分越多，能送给老师的积分就越多。妈妈催他早点儿睡，他说明天就要给老师进行积分大排名了，所以他要多做题，挣更多的积分送给老师。都夜里两点了，他还在拼命做题。妈妈跟他急了，强制关电脑，他求着妈妈说：“老师经常拉着我们，把我们从山脚一点点地拉到了山腰，又往上拉直到顶峰。现在我们老师的积分不高，我也要拉老师一把。”马子涵妈妈的声音哽咽了。

我的喉咙也像卡了一块东西，一句话也说不出来。我的心在滴血。学校新建了一个云教学网站，里面有一项“我赢百分送老师”活动，也就是学生通过做对题赢积分送给老师。我知道学生学业很忙，没时间上网，也就没有要求学生们去参加活动，因此我的积分并不高。昨天学校开会说要在今天对老师获得的积分进行大排名，以此来检验学生们对老师的评价。我怕孩子们熬夜，就什么也没说。可没想到马子涵听邻班的学生说了之后，就发动班里的学生们做题给我送积分，因而也就有了刚才上课的一幕。

“张老师，恭喜呀，你排名第一。”同事小李笑着过来祝贺。

我再也抑制不住，鼻子一酸，眼泪从发热的眼眶里一泻而出。

第三节自习课，我准备给孩子们把第一节课讲的内容再重讲一遍。刚一走进教室，黑板上的几个大字映入我的眼帘：敬爱的张老师，平时都是您拉着我们往前走，这次我们也要拉您一把。

我哽咽着说不出话来……

我把双手伸给孩子们。瞬间，五十双坚定有力的小手紧紧地搭在一起。

哭泣的雪花

张素燕

“奶奶，雪花什么时候能不哭啦？”五岁的小孙子望着窗外纷纷扬扬的雪花，充满期待地问奶奶。

“雪花马上就不哭喽！因为雪花知道宝儿的爹娘快要回来喽！”

“是真的吗？奶奶说下了大雪我爹娘就会回来了。可现在我爹娘为什么还不回来？”

孩子水汪汪的大眼睛清澈透明，眼眶里有闪亮亮的水珠在滚动。看着一脸纯真、幼稚、充满渴求的小孙子，老人走上前去蹲下来，把他搂在怀里，早已纵横的泪水悄无声息地打湿孩子柔软发黄的头发。

孩子的爹娘一年前去外地打工了。他们走时经受了一番与孩子别离的折磨。刚开始，爹娘决定跟孩子讲明道理，当面告别离去。娘告诉孩子，她和爹要去外面挣钱，要走一段时间，让他跟奶奶待在家里，要听话要乖，爹娘回来会给他买好多好吃的好玩的东西。可话还没说完，孩子的头就摇得跟拨浪鼓似的，大声哭喊着：“我不要吃的我不要玩的，我只要爹娘。”孩子的号啕大哭让爹娘没能走成。

第二次，爹娘狠下心来，背起行李包就走。可孩子却追着跑到村外，一边追一边哭喊着：“回来，我不要爹娘走。”孩子撕心裂肺的哭喊，让爹娘含泪而归。

前两招都不行，只好偷着走吧。这也是爹娘不愿选择的方式。他们不想在孩子幼小的心灵上留下阴影。但这也是无奈之举。孩子回到家看不到爹娘，便哇的一声大哭起来，哭喊着找爹娘，怎么哄都无济于事。孩子整整哭了一大晌，嘴里念念叨叨，迷迷糊糊地睡着了。醒来后，他接着大哭。就这样，折腾了四五天，孩子的眼睛干涩了。他不哭了，也不闹了。奶奶那颗七上八下悬着的心终于缓缓放下了。这孩子总算过去这个坎儿了。

一天，奶奶见小孙子在一张纸上画东西，便问：“你画的是什么呀？”

“雪花。”

奶奶这才看清了满满的一张纸上画的全是孙子所谓的雪花形状的东西。

“你画这么多雪花干什么呀？”

“奶奶，我娘以前跟我讲过雪花是很神奇的。雪花可以帮助我们。我想告诉雪花，过远门的农村母亲带来了方便，也给火车上的行人送去了温暖，更给她的家人带来了感动。母亲就这样，一晚没睡，辛苦劳累地坚持了五个小时，于今天上午九点到站，又坐上了回我们县城的汽车。

看到母亲这么辛苦，我们说："妈，这么远，你还回来干什么，自己人又不嗔怪你。"

可母亲却说："话可不是这么说的。你奶奶过生日，这是大事，不能缺场的。别说是在北京，就是在国外，我也得想办法回来。"

听了母亲的话，我们的眼睛湿润了。我们被母亲宽容的胸怀所折服。爸爸姊妹五个，当时家里孩子多，奶奶看管不过来，顾不上管我们。母亲一个人带着四个年幼的孩子，忙得不可开交，致使当时仅有七个月的我从炕上滚到紧挨着炕的灶火上。火上坐着一锅水，我就掉进了锅里。幸好，抢救及时，大难里捡回一条命。村里人都知道母亲生活得艰难，没个替手的帮忙。可母亲毫无怨言。母亲对奶奶特别好。有了好吃的都要先给奶奶送去。母亲还经常给奶奶买衣服。奶奶有事了，母亲都是第一时间奔到前面，忙前忙后。

母亲困得都睁不开眼，我们劝她睡会儿，可她却急着要去看奶奶。母亲给奶奶穿上她从北京买来的一套漂亮衣服，一件红底碎花短袖和一条灰底大花的宽松裤子。奶奶穿上新衣服，更显得精神矍铄、富态体面、神采奕奕了。

百善孝为先。母亲用她的实际行动为我们做出了很好的表率。这八百多里路不仅仅是一张火车票，不仅仅是五六个小时的车程，更不仅仅是饱含着艰辛与困难的路途，这是一份感天动地的孝心，是一种一切尽在不言中的亲情。

八百里路尽孝心，平淡中浓缩了多少真情！没有惊天动地的壮举，没有可歌可泣的事迹，只有一片真心、一片深情……

1. 文章以"八百里路"为题有什么好处？

2. 请用简洁的语言概括文章记叙了一件什么事。

拿着一个小折叠板凳，还穿着那一身已有两三年的朴素衣服。

“妈，累吗？”看着母亲风尘仆仆的样子，我心疼地问道。

“不累。”母亲无力地笑着说。

可憔悴不堪的面容，遮不住母亲的疲惫和劳累。当得知母亲是坐火车回来时，我们都很震惊。去火车站买票是件很累人的事情，连我们经常出门的年轻人都发怵，何况大字不识一个、没出过远门、又上了年纪的农村母亲呢？她是怎么去火车站的呢？又是怎么从火车站买的票呢？在我们的再三问询下，母亲给我们讲述了她去火车站买票的经过。

她昨天早晨就从工地出发，边走边问，换乘了两辆公交车，一路颠簸来到火车站。火车站人山人海，熙熙攘攘，母亲不知该从哪儿买票，见人就问，碰着耐心的人还跟你搭个腔，但大多数人理都不理。母亲问了半天，才走到了售票口排队。好不容易轮到她，售票员说只能买第二天的票，她只好买了。午饭时，母亲随便吃了点儿东西，然后就在那儿等着。在跟一个去石家庄的中年女子聊天时，她说母亲可以乘坐夜车回来，建议母亲退票、重新买票。可大字不识一个的母亲哪会退票啊！她问这个问那个，不知遭了多少白眼，受了多少冷落，最后在一个好心人的带领下，退了票，还扣了两元钱。为了表示感谢，母亲给那个人买了一袋瓜子，然后又去重新买票。这次买的是凌晨四点的车票。终于买上票了，母亲长出了一口气。母亲晚饭也没吃，就一直在大厅里等着。

“那您晚上怎么睡的？”

“哪儿还能睡呀！候车室里人满满的，连地上都横七竖八地坐满了人，都没有下脚的地儿。我就来回走着站了一宿，没睡。”可怜的母亲，竟然站了一宿没睡觉。六十多岁的人了，身体哪儿能顶得住呀！我上次从北京回来，坐的是晚上九点的火车。在火车上困得不行，可却没办法舒服地睡觉。凌晨三点到家后，我一直睡到中午一点才醒来。从那以后，我再也不坐夜车了。那个受罪劲儿，让我至今想起来都难受。

而母亲竟然没座位，得站着！一个六十多岁的老人，一晚上没睡，从凌晨四点要站上五个小时，哪儿能受得了啊！

“出门光碰见好心人。”母亲感激地说。

一个像我们这般大的小伙子，看母亲累，就给母亲买了一个小板凳，可母亲给他钱他说什么也不要。善良的小伙子，我们感谢你。因为你的善举，给一个从没出让我爹娘快点儿回来吧。”

老人的心像被刀子戳了一下。原本以为孩子早已忘了的事，却没想到深深地刻在他幼小的心灵里了。他在用自己的方式期待着爹娘的归来。

“那你要画很多天，雪花才能帮你呀。”

“只要爹娘能回来，我画多少都可以。”孩子每天都画雪花，边画边自言自语。

可日子在孩子的期待中悄然无声地逝去，没有带来任何惊喜。爹娘还是没回来。孩子再一次声泪俱下。这是爹娘走后第二次惊天动地的大哭。

“我画了这么多雪花，爹娘还不回来。雪花还是不帮助我。”

奶奶安慰着孙子说：“宝儿，你知道雪花为什么不帮你吗？”

“为什么？”满脸泪珠的小男孩儿强止住哭声，像抓住了救命稻草似的认真地听奶奶说。

“因为雪花在哭泣。哭泣的雪花是不会帮助人的。”

“那雪花什么时候会不哭啦？”

“当天上真正下大雪的时候，当雪花漫天飞舞的时候，雪花就不哭啦。到时候它就会帮助你，让你爹娘早点儿回来的。”老人的眼里也充满了期待。她想象着下了大雪，儿子儿媳总该回来了吧。

于是，孩子天天盼着下雪，可出奇的是，那一年冬天，竟然没有下雪。

日子在四季轮回中不厌其烦地交替着。

孩子依旧每天画着雪花。不同的是他在每片雪花的后面都加了一个哭脸，在每张画的最下面都会画上一片大雪花，在大雪花的后面再画上一个笑脸。

当秋天舞尽了最后一片落叶，又一个冬天挟裹着寒冷来临了。孩子心中期待已久的雪花也终于飞舞人间了。孩子高兴得手舞足蹈，笑容如花一般绽放在他的脸上。可这场雪还是没能让孩子如愿以偿。爹娘没回来。孩子好不容易绽放笑容的小脸又阴云密布，酷似哭泣的雪花。

“奶奶骗人，奶奶说下雪了，爹娘就会回来了。可现在为什么还不回来？”孩子委屈万分地说。

“是啊！你爹娘要回来了。他们已经上车了，只是外面下着雪，挡住了他们回家的路啦！”

孩子一声不吭地跑到外面，从院子里找出他的小铲，开始铲地上的雪。他吭哧吭哧地铲着，不顾纷纷扬扬的雪花把他遮盖成雪人。

老人背着孩子哽咽着给儿子打电话："你们快回来吧，我没法再骗孩子了。"

孩子每天扫雪，直到第二场雪到来。

爹娘回来了，终于回来了。他们冒雪而归，远远地就看到被裹成雪人的孩子在清扫路面，旁边站着同样银装素裹的老妈妈。

娘紧紧搂着儿子说："我们再也不走了。"

孩子蹒跚地跑回屋去，拿来厚厚的画满雪花的两个本子，泪流满面地说："别让雪花哭了，好吗？"那稚嫩而纯真的声音，随着尽情飞舞的雪花氤氲开来，洋洋洒洒于天地间，飘进每个人的心底，舞出一片洁白。

拨开云雾见天日。大雪飘尽，丝丝缕缕的阳光如跳跃的火焰，融化了冰雪，融化了寒冷，融化了哭泣的雪花。

1. 请用简洁的语言把下面的故事情节补充完整。

望雪花，思爹娘——　　　　——　　　　——拿画本，亲人团聚

2. 句中画线词语有什么表达作用？

他吭哧吭哧地铲着，不顾纷纷扬扬的雪花把他遮盖成雪人。

3. 请简要分析下面一段话的语言表现力。

孩子水汪汪的大眼睛清澈透明，眼眶里有闪亮亮的水珠在滚动。

4. 倒数第二段中的画线句表达了孩子怎样的愿望？

5. 请谈谈你对本文最后一段话的理解。

不同的时间报警音响。比如，早晨七点会响起：“请给太阳能热水器加水。”七点半会响起：“水已上满，请关水。”上午十一点半，报警会自动响起：“午饭时间到，请做午饭。”十二点十分又会响起：“饭已做好，请关火。”这下子大大方便了老妈，老妈乐得合不拢嘴。

因为还是不放心老妈的“实战”技能，我破例在周末的前一天回到了家。老妈兴高采烈地说：“你还别说，这个报警器呀省了我很多心呢。它可帮了我的大忙了，我只需按照提醒该干啥干啥，再也不用担心水会外流，锅会烧坏啦！”老妈正兴致勃勃地说着，突然报警器响起老妈的声音：“明天是周末，闺女就要回来了。赶紧去超市买闺女爱吃的鱼和排骨吧。”

我猛然一愣。老妈不好意思地解释着：“这是我自己设置的报警器。知道你周末要回来，就把东西提前准备好，等你回来就能直接吃了。今天你提前回来了，我现在就去买。”

我转过脸，抑制不住的泪水不争气地打湿了手背。

1. 母亲为自己设置报警器表达了怎样的感情?

2. 这篇文章表达了一个怎样的主题?

参考答案：

1. 充分表达了母亲对子女的疼爱之心，体现了母爱的伟大。

2. 本文通过为母亲设置报警器和母亲为自己设置报警器，表达了感人至深的母女亲情。

6. 本文以“哭泣的雪花”为题有何好处？

参考答案：

1. 画雪花，盼爹娘　　扫积雪，迎爹娘

2. “吭哧吭哧”是孩子因用力清扫积雪而不由自主地发出的声音，生动形象地描写了孩子清扫积雪的卖力和辛苦，从而表现了他对爹娘归家的期盼。

3. 生动形象地描写了孩子的纯真、幼稚，以及渴求爹娘归家的急切心情。

4. 孩子天真的话表达了他渴望爹娘留下来的强烈愿望。

5. 运用景物描写和比喻的修辞手法，生动形象地描写了孩子与父母团聚后的喜悦心情，同时暗示了本文的主题：留守儿童需要亲人的呵护，留守儿童问题需要得到全社会更多的关注和思考。

6. 标题运用了拟人的修辞手法，形象地写出了孩子对全家团圆的期盼，揭示了文章的主旨，标题新颖，设下悬念，激发了读者的阅读兴趣。

八百里路

张素燕

明天是奶奶的生日。我刚接到母亲电话，她说已在回家的路上，十一点到。母亲不容我多问，就挂断电话，她怕浪费电话费。我心里咯噔一下，心都提到嗓子眼儿了。母亲是怎么回来的？她是怎么买的票？坐的什么车？我的心里像敲起了小鼓，七上八下，忐忑不安。

母亲六十多岁的人了，不听我们儿女的劝阻，硬要去北京打工。母亲去北京两个多月，一直没有回来过，主要是因为没人和她做伴回来，她一个人不会买票，不敢回来，这次奶奶过生日，我们都不让母亲回来，可没想到母亲竟然回来了。这是出远门的母亲第一次一个人回来。

车终于到站了。头发有些苍白的母亲，挎着一个多年前自己做的大布包，手里

3. 文章开头设置的悬念，有什么作用？

参考答案：

1. 以“八百里路”为题来设置悬念，引发读者的想象，同时，八百里路也暗含着母亲对孝顺奶奶的感情之深。

2. 文中讲述了不识字的母亲第一次出远门去北京打工，连车票都不会买，可是为了给奶奶过生日，克服了许多困难，只身一人从八百里之外的北京连夜赶回家。

3. 激发读者的好奇心，增加文章的吸引力。

帮老妈设置报警器

张素燕

老妈六十多岁的人了，上了年纪，记忆力也在逐渐减退，这段时间总是忘这忘那的：要么是出门忘了带钥匙；要么是买个菜把手机落在菜摊上；要么是刚刚放好的东西转眼就忘了在哪儿了；要么是从超市买好东西，钱付了，可东西却忘了拿；要么是手里明明拿着这件东西，可还在到处找。最让人担心的是，她做饭时竟然忘了关掉天然气，幸亏发现得及时，没有酿成大祸。

周末我回家看父母，一进门，妈妈就像个做错了事的孩子似的跟我说：“唉，真是老了，不中用啦！我早晨起来往太阳能热水器里加水，可是却忘了关了。一直到中午才想起来，这得白白地流掉多少水呀！”

见老妈那么伤心自责，我决定帮帮老妈。可怎么帮呢？我又不能天天守在老妈身边。我平时工作很忙，只能在周末抽时间回家看看。突然，一个办法在我脑海浮现。有啦！我可以帮老妈设置报警器呀。利用现在的智能手机就能搞定。我先用手机录音，把老妈每天常做的事都设置成报警提醒，如“上水时间到”“水已烧开，请关火”“出门记着带钥匙”等。然后我又根据老妈的作息时间和生活规律把这些录音设置成了